JEAN COCTEAU O Potomak

JEAN COCTEAU O Potomak

precedido de Prospecto 1916

Romance

PREFÁCIO E TRADUÇÃO
Wellington Júnio Costa

autêntica

Título original: *Le Potomak*

Livro publicado com permissão do Comitê Jean Cocteau.

EDITORAS RESPONSÁVEIS
Rejane Dias
Cecília Martins

REVISÃO
Lúcia Assumpção
Bruna Emanuele Fernandes

CAPA
Diogo Droschi
(sobre fotografia de Jean Cocteau, 1923, Gallica Digital Library, e imagem da página 50 deste livro.)

DIAGRAMAÇÃO
Waldênia Alvarenga

Dados Internacionais de Catalogação na Publicação (CIP)
(Câmara Brasileira do Livro, SP, Brasil)

Cocteau, Jean, 1889-1963.
O Potomak : precedido de Prospecto 1916 : romance / Jean Cocteau; prefácio e tradução de Wellington Júnio Costa. – 1. ed. – Belo Horizonte : Autêntica, 2019.

Título original: Le Potomak.
ISBN 978-85-513-0598-0

1. Ficção francesa I. Costa, Wellington Júnio. II. Título.

19-25995 CDD-843

Índices para catálogo sistemático:
1. Ficção : Literatura francesa 843

Maria Alice Ferreira - Bibliotecária - CRB-8/7964

GRUPO **AUTÊNTICA**

Belo Horizonte
Rua Carlos Turner, 420
Silveira . 31140-520
Belo Horizonte . MG
Tel.: (55 31) 3465 4500

São Paulo
Av. Paulista, 2.073, Conjunto Nacional, Horsa I
23° andar . Conj. 2310-2312 Cerqueira César
01311-940 . São Paulo . SP
Tel.: (55 11) 3034 4468

www.grupoautentica.com.br

Prefácio

Wellington Júnio Costa

Jean Cocteau, na criação desta obra bastante fragmentada, revela-nos as idas, vindas e reflexões de um narrador sem nome, autor de um álbum de desenhos sobre a história de seres antropófagos, os Eugenes, que devoram o casal Mortimar. Sozinho ou na companhia de uma amiga, o narrador visita um aquário no subsolo da praça da Madeleine, onde o monstro Potomak, que inspira poesia, está exposto.

Antes dos anos 1910, Jean Cocteau já se expressava por meio do desenho e da literatura. Mas foi em 1913-1914, numa surpreendente ruptura do seu estilo literário, que, abandonando as influências simbolistas, ele se aproximou dos "modernos" e mesclou as linguagens do desenho e da literatura, para compor este primeiro romance. A obra, que esperou o fim da Primeira Guerra Mundial para ser publicada em 1919, é, na verdade, um "*carrefour*" das artes, já que várias linguagens artísticas nela se encontram: música, teatro, dança, poesia, cinema, fotografia, arquitetura, pintura e desenho.

A presença da música no romance emoldura a obra com as duas cartas endereçadas ao compositor Igor Stravinsky, mas também pontua o enredo nas cenas em que os personagens ouvem canções ao gramofone, quando escutam e tocam piano ou, ainda, pela inserção de letras de música no corpo do romance e da legenda "música" e das notas de partitura desenhadas no "Álbum dos Eugenes".

O teatro, a dança e a poesia aparecem no texto e no "Álbum dos Eugenes", em desenho, e nas legendas, enquanto o cinematógrafo é mencionado na primeira carta a Stravinsky e a fotografia e a arquitetura são apenas evocadas no livro.

Não são raras as passagens em que Cocteau descreve o processo do desenho e o lugar da imagem na sua composição. Em uma espécie de plano da obra, o autor nos revela a gênese da sua criação e atesta sua preocupação em estabelecer uma relação efetiva entre as duas linguagens – desenho e escrita. Às vezes, é pela descrição do ato de desenhar ou pintar que Cocteau se interessa, mesmo que em uma cena imaginada como uma metáfora da vida, assim como seria, também, para um escritor o ato de escrever.

Em outros momentos, Cocteau se concentra na sua própria produção gráfica, descrevendo por antecipação os personagens do "Álbum dos Eugenes". Sua própria obra visual não é, no entanto, a única descrita em *O Potomak*. Em uma carta endereçada ao seu amigo narrador, o personagem Persicairo conta o dia em que visitou o escritor Pygamon e, na sala de espera, viu um retrato de Baudelaire, pintado por Manet. Então, Persicairo compara alguns detalhes da pintura aos de outro quadro de Manet, *Lola de Valence*. A existência de tal retrato não seria impossível, já que Manet realmente realizou desenhos e gravuras que representam o grande poeta. Uma dessas gravuras faz parte da coleção que pertenceu a Jean Cocteau e encontra-se, hoje, na Maison Jean Cocteau, em Milly-la-Forêt.

Como se não bastassem as descrições de técnicas e obras, Jean Cocteau embaralha as categorias conceituais de relação entre a literatura e as outras artes, apresentando-nos uma passagem intrigante do "Álbum dos Eugenes". Recompostos, após terem sido devorados pelos Eugenes, os Mortimar veem a camareira entrar pela porta do quarto com um jarro de água quente para o banho deles. Com o seu desenho, Cocteau evoca uma pintura de Degas, mas é a legenda que, nesse caso, funcionando também como um balão de história em quadrinho, tornará a citação evidente.

O mais curioso, no entanto, é quando a legenda deixa de simplesmente nomear o desenho ou expor a fala dos personagens desenhados para dar espaço a um comentário do narrador de *O Potomak* ao seu amigo Persicairo. É o que acontece na legenda que acompanha o último desenho do álbum.

Quando a relação entre imagem e palavra, em *O Potomak*, não se dá na coexistência de um desenho e um texto escrito, ela se faz presente, também, por meio do que a teórica francesa Liliane Louvel chamou de "arranjo estético ou artístico". Isto é, a composição dos objetos da cena descrita revela uma intenção de efeito visual estético, como a composição de uma natureza morta.

Cabe observar, ainda, que Cocteau nos surpreende visualmente ao publicar seu primeiro romance fazendo um uso intenso de vários recursos tipográficos (caixa-alta; itálico; tamanhos diferenciados de fonte; asteriscos e notas de rodapé; aspas; números e travessões; pequenas estrelas entre notas e fragmentos; organização em listas; frases que, antes de chegar ao fim da linha, continuam na linha abaixo; textos em versos; estrutura de carta; recuo; espaços em branco e várias páginas em formato italiano), além dos desenhos que compõem o "Álbum dos Eugenes".

Com efeito, este livro parece fornecer-nos várias pistas para compreendermos as relações possíveis entre o visível e o legível, mas não nos facilita a tarefa, pois potencializa a complexidade dessa relação. É o que atestam estudiosos da obra de Jean Cocteau: Patrick Mauriès afirma que *O Potomak* é um esboço da estilística posterior do autor; Kihm, Sprigge e Behar defendem que os Eugenes desse livro dariam a Cocteau a oportunidade de sonhar com um tipo de vasta síntese das experiências e preocupações humanas; Serge Linarès considera que esta obra é o resgate do imaginário infantil do autor, que o teria conduzido à expressão do seu eu múltiplo, poeta e desenhista. Enfim, Emboden e Clark não hesitam em afirmar que os desenhos de *O Potomak* estão entre os mais potentes de sua época e que este livro é indispensável para que se compreenda a gênese do pensamento coctaliano.

PROSPECTO
1916

Escrevo estas linhas um ano depois de *O Potomak*. Impossível que eu acrescente mais um prefácio a este livro que já é um, acompanhado ele mesmo de muitos outros. Eu desejaria, então, um sistema de encadernação que permitisse não abrir ou fechar o volume por essas notas, úteis na proa e na popa, mas juntá-las ao seu redor, como o envelope espesso de prospecto que consolida uma especialidade.

★

GABINETE CENTRAL

De tanto me machucar, viver duplamente, sair jovem de uma multidão de armadilhas onde outras se precipitam, cabeça baixa, na maturidade, tomar a ducha escocesa dos ambientes, às vezes esperar horas, sozinho, em pé, minha luz apagada, parlamentares do desconhecido, eis-me algo totalmente máquina, totalmente antena, totalmente Morse. Um estradivário dos barômetros. Um diapasão. Um gabinete central dos fenômenos.

★

Aos dezenove anos, alguns me festejaram por tolice, minha juventude me defendia junto aos outros. Tornei-me ridículo, desperdiçador, tagarela, tomando minha tagarelice e meu desperdício como eloquência e prodigalidade.

★

Aqui se encontram os espetáculos russos – essas grandes festas podiam desnortear um jovem. Elas ajudaram na minha troca de pele. Atrás de uma casca rica demais, minhas narinas experimentavam a seiva. A dedicatória de *O Potomak* o prova.

O formidável sucesso do balé russo permanece como um exemplo dos mal-entendidos modernos. Enquanto ele se libertava de um atoleiro de graças, seu público, incapaz de acompanhá-lo, considerava-o em baixa. Foi assim que exigências de ordem material levaram o Sr. Serge de Diaghilev a encenar *A sagração da primavera* diante de um público para o qual ela não era destinada, e que se queixou a justo título.

Um odor de sacristia e a pompa de Igreja incomoda o neófito para o qual sua cela reserva uma alegria mais despojada. Além disso, esse luxo mantém o respeito divino nos corações fracos.

Aqui, um odor de bastidor, isto é, de devassidão, atirando moscas, embaralhava a boa pista. Era difícil, confessemos, acompanhar o crescimento, ouvir a árvore crescer, através desse burburinho.

A trupe russa me ensinou a desprezar tudo o que ela jogava para os ares. Essa fênix ensina que é preciso queimar-se vivo para renascer; esses números de circo se juntam às catacumbas.

Há circunstâncias em que é corajoso se dedicar a um culto ainda suspeito, enquanto outros cultos lhe oferecem uma exploração garantida. Dessa crisálida multicolorida veio ao mundo Stravinsky.

★

AS LAMENTAÇÕES DE ANTÍGONA

Campo. Seine-et-Oise. Banho de sol. Em forte dose, o sol não selecionado dispara um feixe de raios; um bronzeia a epiderme, o outro ata os músculos. Eu era, então, boi, como depois de um saco de areia na nuca, embrutecido.

Eu inscrevia: meu nariz cintila escuro, a sós com o sol; é um mundo. (À direita, se fecho o olho esquerdo, à esquerda, se fecho o olho direito.)

Depois desses primeiros sintomas, os que sucederam merecem mais que os anotemos.

Como eu estava melhor, tornei-me lúcido. Uma lucidez de planta e de animal. Tarefas me apareceram. Eu tinha subido rapidamente a escala dos valores oficiais; distingui o quanto a escala era curta, estreita, cheia de gente. Aprendi a escala dos valores secretos. Ali, nós nos afundamos sozinhos, em direção ao diamante, ao grisu.

Essa operação não ocorreu sem dor. Se me chegavam, do fundo, ritmos vagos, purificando minha superfície até intrigar os mais hostis, minha superfície pálida não ficava sem afundar ali algumas raízes.

Eu já tinha, em *O Potomak*, tentado o probo, mas a contragosto. Eu escavava túneis. A frase: "*Eu poderia ter feito* La Marseillaise *ou* Plaisir d'amour: *escrevi este livro*" revela uma resignação. O mineiro se enfia nas trevas. Eu gritava aos quatro ventos as lamentações de Antígona.

★

ESTÉTICA DO MÍNIMO

Então, invadiu-me a mais violenta reação contra o pitoresco. Fiquei doente com isso e vou explicar como. Esse batismo um pouco violento, mas salubre, me deixa marcas. Distingo, aí, as forças que dirigem o meu trabalho. O mal só veio do excesso, a exemplo de muitos antídotos.

★

No campo, sobre a cabeceira da minha cama, na parede, reencontro uma frase rabiscada: "Castores! Nobres arquitetos, quero construir para mim uma casa inevitável".

Essa frase marca o início da crise.

Uma noite, eu ouvi camaradas rirem do poema de uma americana. Ora, esse rádio-telegrama atingia rapidamente meu coração.

"Jantar é Oeste", decide simplesmente Gertrude Stein, no meio de uma página branca.

Um só epíteto deveria bastar para o sonho, uma leve batida de ombro, uma seta de orientação. O que ofuscava esse grupo, a farsa americana, pareceu-me, ao contrário, uma prova de confiança.

Mais que uma ruína, já me tocava o novo, deixando o porto, acabado, em direção ao risco. O novo atrelado ao mistério, eu ficava em volta, antes que a célula de uma escolha o restringisse. Virgindade do dia seguinte, qual ontem enrugado te iguala? Eu contemplava a juventude dos homens e das coisas com amor. Um navio, eu o preferia no seu estaleiro, Bonaparte na sua caserna, Davi ordenhando uma cabra, Cristóvão Colombo em Palos, Simbá ainda em casa.

Eu ia ver a saída dos alunos do primário e das jovens datilógrafas. Eu até compartilhava a melancolia dos pais, para os quais, por uma estranha lei de perspectiva, aqueles que eles veem crescer se distanciam.

⋆

O PESO DE PAPEL DE CRISTAL

Esta poltrona, sua estampa de estilo e seu veludo escolhido entre todos forçam um olho livre. Eu decidi romper.

Um peso de papel de cristal torna-se, para mim, arte e conforto. Eu me surpreendia de ter preferido os tecidos, móveis e potes, onde se escondem a poeira e a saciedade.

Para mim, ele não era mais de cristal... um cubo... seis faces... um peso de papel... não. Mas uma encruzilhada de infinitos, um carrossel de silêncios.

Como aqueles que encostam a orelha em uma concha para ouvir o mar, eu aproximava meu olho desse cubo e pensava descobrir, ali, Deus.

⋆

A LISTA, O MURO E O FIO DE PRUMO

Os meus poetas foram: Larousse, Chaix, Joanne, Vidal de la Blache. Meus pintores: o cartazeiro. A menor impulsão bastando à minha preguiça de lambão. Nesta data, eu anotava (*O Potomak*, p. 141): "A maior obra-prima da literatura é sempre um dicionário em desordem".

Um dia, a lista de personagens de *Peer Gynt* me transtornou. Eu me lembro de ter lido e relido essa lista que se desenrola de um campesinato ao colosso de Memnon. Sem ousar conhecer a peça, eu gostava de Solveig e dos Novelos. Em torno deles, que espetáculo feérico eu imaginava? Neve.

As cenas, exceto quatro, me decepcionaram.

Eu me lembro também de, em Platão, ter encontrado prazer, saltando Sócrates, nos monossílabos de Alcibíades.

★

Obcecado, em suma, por associações e possibilidades, ocorria-me ver com perturbação, em pleno sol, um muro liso de mármore. O mármore foi tão usado para o nu juvenil, que a simples matéria me afetando, eu tinha a impressão de que esse muro estivesse se exibindo. Então, minha pele seguia o ritmo obscuro das meninges. Eu desejava praticar a educação paralela dos sentidos. Algumas músicas ruins, nós as suportamos. Eu as imaginava no campo dos odores; desmaiava.

★

Na direção de uma dama das antípodas, o fio de prumo tornou-se minha locomoção favorita.

★

O TROMBADINHA

A medula das samambaias, em corte, simula uma águia. Assim são os raios do cinematógrafo, o feixe de lua, carregado de atores e paisagens, que não se vê, os libera, em corte, na tela.

Nada me excitava mais que esse mistério. De volta à minha poltrona, eu olhava o filme na sua fonte, a loja de chapa onde o amolador dos silêncios afia os raios mais ou menos pálidos segundo o que eles contêm: uma árvore, um vestido, uma carta ou um cavalo branco.

Eu decifrava esses cativos, procurava surpreender a dimensão inédita em que o drama se encena durante o trajeto da lâmpada até a parede. Sobre as nossas cabeças, um mundo invisível atravessa a sombra sob a forma de cones que se movem e se desenvolvem indefinidamente, a menos que uma parede os denuncie.

Assim, eu supunha uma cena. O trombadinha, travestido de eletricidade, escapa pela lucarna do fundo da sala, que vira as costas; mas ele se esmaga contra o edifício da frente. Todo mundo o vê... o detetive se lança... Então, o trombadinha mergulha à esquerda, no vazio que enquadra a parede reveladora.

Esses bastidores do vazio foram, para mim, outro enigma.

Eu negligenciava por essas imaginações o próprio espetáculo no qual eu gostei tanto de Nova York, Rio Jim, Fantômas, do capitão Scott, do aquário dos boxeadores em câmera lenta, do olho da mosca e do desabrochar instantâneo de uma rosa.

★

A VITÓRIA DO PRÍNCIPE RATAPLAN

Minha fraqueza era acreditar que este mundo é inteligível a todos. Uma tarantela de Chopin, eu a apelidava: Vitória do Príncipe Rataplan. O Príncipe Rataplan, o seu pequeno exército esperneia com polainas brancas. Bolas de alcaçuz, um soldado morto com a mão no coração e o céu encarneirado sobre um outeiro. Era, para mim, a evidência.

Eu queria não somente que a sua imagem surgisse para todos dessas gentis notas galopantes, mas, ainda, pedir ao pianista "A Vitória do Príncipe Rataplan", e que, desprevenido, ele tocasse, para mim, o trecho.

Sofri uma semana com essa Épinal individual. Que se tenha podido reconhecer ali dançarinas se ramificando até os mais profundos mal-entendidos humanos, isso me fazia mergulhar na solidão.

★

OS ROSTOS

Perto desse fenômeno de imobilidade louca que não suporta mais o lapso indispensável para ir, gozar e voltar, eu me hipnotizava, menos solitário, com os rostos.

O encontro de um rosto bastava ao meu amor.

Um rosto se tornava tudo para mim: Nápoles, as Pirâmides, uma fuga de Bach, Dostoiévski. Os olhares se desabafam sobre esses violinos de osso, bombeados, fechados, fendidos, delicados. Mesmo os medindo no micrômetro, sabia-se o abismo de sua dimensão interna? Havia lá dentro: árvores, janelas, parques, embarcadouros, hotéis, navios, ursos, teatros, órgãos, quartos, automóveis, estrelas, cortejos, famílias, gramados, estações, frutas, nuvens, aeroplanos, locomotivas, templos, arranha-céus, estâncias, jardins zoológicos, rios, ondas, lagos, bibliotecas, estátuas, orquestras, mais peixes do que o oceano pode conter, o céu de pássaros, o nada de astros.

E eles eram tão magros. Pareciam nada saber do mundo e sempre se esbarrar nele. Eles obstruíam o mundo e a gente se machucava com eles. Gostei bastante desses rostos que passam, essas caixas cheias de universo.

★

Havia uma campeã de tênis Nausícaa, o mensageiro do elevador: uma personagem feérica, a patinagem do Dante, e a pequena Andrômeda vendia *Paris-Sport* diante da boca morna do metrô.

★

AUGIAS

Eu resumo este tumulto de silêncio que sucede à minha barulheira ao inverso desses barulhos que invadem um jovem, repentinamente livre, após uma educação provinciana.

Somente agora, reencontro a Quietude (Relativa) E me dou conta das riquezas que produz uma limpeza de Augias. Essas hecatombes de bibelôs, esses autos de fé de papeladas chicoteiam a moleza, lavam a alma, fortalecem os músculos e tiram da penumbra uma neve, na qual se desperta bem, na qual se respira bem, na qual se digere bem, na qual se julga bem.

★

A VIAGEM EM DIREÇÃO À ESQUERDA

Então, eu estava doente, doente como depois de uma vacina, mas doente. Eu tinha febre. Acreditava que estava ficando louco e me consolava, pensando que uma vidraça separa os meus mais caros poetas dos loucos, e que, se para os loucos o fio se rompeu, o fio dos poetas estava no seu ponto de tensão extremo, antes de se romper. Eu sabia que por um nada a dissociação estrambólica do louco poderia ser emocionante e por um nada estrambólica a dissociação emocionante do poeta.

Certas noites, eu ficava ingenuamente aterrorizado pela minha inteligência, sabendo que se o artista metamorfoseia tudo em ouro, ele não saberia privar-se de orelhas de burro. Eu tateava as minhas têmporas, mexia nos meus cabelos, procurava orelhas de burro. Eu as encontrava na minha falta de cultura e na minha própria pretensão. Elas me ajudavam a dormir novamente.

Eu previa um livro: *O viajante em direção à esquerda*. Depois de *O Potomak*, aplicação consciente de uma arquitetura, para o bem ou para o mal, outrora cegamente conduzida. A gente poderia ter acompanhado, menos vagamente, a descoberta de uma América.

Contar essa viagem é impossível, infelizmente! Seria preciso escrevê-la na época. Teria sido para toda uma juventude um itinerário para ganhar tempo.

★

O FOGO DE ARTIFÍCIO

Em 14 de julho de 1913, nós tivéramos, em Maisons-Laffitte, um fogo de artifício oferecido pelo senhor Gould. Oh! O rico fogo de artifício!

Hidras de ouro se arrancaram do solo, pá... boca de carpa, explode um estuário estrelado. Espanava-se o colchão no céu. O arcanjo dá um tiro de revólver em um monstro do Ouest-État; ele urra e foge.

Uma jiboia de ouro gigante se de
sa
grega
com um último
suspiro de bengala.

Imagine o que me podia oferecer de devaneio um espetáculo assim, em plena crise.

Quando voltei para casa, esse fogo de artifício tornou-se uma guerra. E houve a guerra.

Logo, em 1º de agosto, a guerra colocou fim a todo tratamento ao sol e foi uma explicação satisfatória para os transtornos de um jovem barômetro carregado de temporal.

★

PÁGINA TÍPICA

Eu sou parisiense, falo parisiense, pronuncio parisiense. Gosto de Bara, Viala, do tambor de Arcole. Eu corri para me engajar de corpo e alma. *Rogaram-me para eu ter paciência*. Passei o mês como um basbaque a me acalmar, a julgar, a compreender, a escrever. Dessas notas que eu queimo, conservo uma página típica:

"Quatro dias nós fomos zeladores. Esse nivelamento por baixo era bem frágil. Ah! Tratava-se de patriotismos da arte! Mas o zelador nunca sobe, é preciso descer.

Eu teria queimado todos os livros. Paraíso materno. Três palavras, três cores, ao som de 'Lampiões'.

Um jovem alemão se desperta em Heidelberg: poderíamos ser ele. Que cruel melancolia! Era preciso aproveitar uma remada que traz o lodo, usar o meu velho atavismo das cavernas. Pouco a pouco o lodo cai novamente.

Eu não aguento mais. A guerra começa. Retorno ao silêncio dos livros. Lá é alto demais para que o biplano blindado alcance, profundo demais para que, ao fogo unânime, o geógrafo delimite.

Meu mundo que me expulsa do outro mundo, onde, sozinho, soluço e me orgulho.

Eu fechei a porta. Zaratustra me fala de eternidade. Escuto tocar Bach e assino a paz no meu coração."

★

A GUERRA

Falemos imediatamente da guerra.

Eu não relatarei setembro, outubro e novembro de 1914, quando acompanhei, como motorista de ambulância, uma vitória humilde e sublime.

O doloroso e o engraçado estavam, ali, estreitamente misturados um ao outro, como no rosto em lágrimas das virgens de Giotto, às quais um nada seria necessário para que soltassem uma gargalhada.

As peripécias eram ajuntadas apenas pelo odor de carniça. Como descrever essas paisagens, tão diferentes que, somente quatro ou cinco dias depois de termos acampado ali, me ocorreu de reconhecer uma taberna onde eu havia almoçado outrora a passeio? (Havia correntes do golfo de fenol e de gangrena gasosa. A gangrena é um almíscar adocicado, infecto, um crepúsculo de odor sobre os campos.)

A ousadia e a fadiga desse turismo foram uma droga contra as reflexões pessoais. Eu constatava, não julgava.

★

HERR EBEL

Depois de um artigo do jornal *Le Mot*, de 1° de maio de 1915, no qual eu me divertia em estender a mão aos erros que Eugene ressalta e sempre ressaltará, no qual eu empregava esse micróbio de alma para zombar do nosso chauvinismo e do militarismo prussiano, no qual eu mostrava a medida em que se podem vendar os olhos com todo o mundo, tendo o cuidado de levantar a borda do lenço, o personagem de Herr Ebel – um Eugene de primeira grandeza – inspirou um artigo de Maurice Barrès[1]:

"*Um soldado alemão ferido faz a Jean Cocteau, que cuidava dele, confidências, e esses cochichos febris em um leito de hospital guardam um eco do grande delírio dos deuses na véspera da guerra. Nesse texto inesquecível, vê-se o minuto em que o sonho secular se transformou em ação, em que o movimento obscuro da alma terminou em um gesto terrível. Agosto de 1914, a sonâmbula segurou seu punhal. Os cinco filhos pobres da nação alemã partem para decapitar e oferecer em holocausto aos seus deuses o filho único da nação francesa. O rumor das florestas... etc.*"

Charles Maurras, Péladan, *La Revue hebdomadaire* retomam o motivo. Gide havia descoberto uma planta Eugene, em Varengeville. Stravinsky estima que o olho da mulher Eugene comporta várias facetas, e eu me zango comigo mesmo por não ter citado J.-É. Blanche, vulgo doutor Blanche, pois ele pôde, com quinze anos de intervalo, seguir Aubrey Beardsley nas tomadas com o Venusberg e me seguir. Dieppe, cidade úmida, cidade bege, propícia à incubação. Nos mesmos passeios, Henry de Tannhäuser encontrava o jovem doente, e os 'Eugenes' me avisaram sobre os acontecimentos hediondos dos quais seríamos testemunhas.

CARTA DE J.-É. BLANCHE À SENHORITA T...

À Senhorita T..., 15 de agosto.

"A Senhorita se lembra do mal-estar que nos causaram os 'Eugenes' quando, depois da meia-noite, nós nos decidíamos a subir para os nossos quartos...

[1] *Écho de Paris*, 2 de agosto de 1915.

...A nossa sonâmbula, durante as longas noites de outono, tirava um sistema do mundo da bolsa cheia de pavor, que os 'Eugenes' carregam com suas mãos de arpão... A Senhorita se lembra desses papa-defuntos, crocodilos, larvas, desses mudos que espalhavam, no cômodo, o mal-estar e a inquietação do pesadelo? Esses ruminantes, essas máquinas de moer, de serrar, de abocanhar tudo com suas mandíbulas são os pais da Virgem de Nuremberg, noiva de ferro, o instrumento de suplício teutão, entomológico, confuso e cruel do ultra-Reno.

O livro devia ser lançado em agosto...

Eu escondo esses croquis alucinantes e proféticos. Não teríamos mais defesa que esta família Mortimar, que outro desenho representa com chapéus tiroleses, inocentemente apoiados na amurada, face ao Mont Blanc, em um barco, pelo qual a horda dos carnívoros passou?

Esses 'Eugenes', minha cara, a Senhorita nãos os reconhece? Eles estão na nossa porta?"

Cahiers d'un artiste,
jul./nov., 1914.

★

PERSPECTIVAS

Que os Mortimar se reencarnem, sabendo um pouco do que não lhes diz respeito, mas não o bastante para que isso lhes seja útil, devolvidos como indigestos por um estômago habituado a alimentos mais pesados, eis o que eu não procuro vender como imagens de guerra, e do feio desenho final eu não tiro nenhuma profecia. Simplesmente preocupado com perspectivas, eu me surpreendo, aos poucos, com as coincidências que se estabelecem entre uma guerra pequena, já que eu desempenho, nela, um papel medíocre, e uma grande guerra, já que dela eu fui o teatro. Esse egoísmo é boa solidariedade. Quem se debruça sobre si ajuda os outros, revela, divulga, toca em Deus.

★

TROPPMANN

Subo sem saltar os degraus e este livro não representa nada de decisivo, mas um trecho de curva, com o que ele comporta de fresca atrapalhada no caminho para um método. Eu me submeti aos atavismos, aos professores e aos tziganos, mas pouco importa, pois, lentamente, por bem ou por mal, um destino nobre se engendra nas profundezas.

Eu não chego de tamancos, como um Rothschild, mas de escarpins que deformam o pé e mil moças-flores de Alcazar nessa estrada através do pior. Segui crápulas, imbecis, príncipes! Descalço-me e me escovo. A infância toca o céu das poesias. Ressuscitei minha infância. Destruí os meus ídolos. Cada dia, sufocando ou poupando atavismos, assassinei ou roubei sete membros da minha família, como Troppmann. Nesse jogo, degolam-se pombas.

Assim como em certas fotografias minhas, acho que tenho um ar antropométrico.

★

O SEGREDO DE CONFUNDIR

Aos doze anos, morre-se de orgulho. Mas, infelizmente, a beleza interior não lança todo o seu buquê, como um rosto. Esse desejo maldito de uma imediata remuneração de forças confusas me dava uma timidez arredia, uma angústia de outrem. Tivesse eu querido um letreiro, que um lis crescesse na minha boca, que um anjo aparecesse segurando a minha mão; uma prova qualquer – eu procurava o segredo de confundir.

★

CALCAS

Acabo de sofrer uma recaída. Ainda saio vencedor dessa necessidade de glória, contágios e epidemias.

Receita:

Não ler mais os jornais. Fugir do contato com humanos para esquecer o que há de mim neles, pois um longo hábito familiar dos falsos valores considerados como justos me envenena.

Eu sabia o erro da natureza, o homem tão engraçado sobre suas patas traseiras, engajado até a loucura neste vaudeville biológico, o progresso, filho odioso do homem e sem mais nada de umbilical, a guerra e o amor inevitáveis (mas ineptos o relógio para se esperar e o canhão para se matar), a necessidade, tão longe, tão adiantada em um erro tão pleno, de ter o melhor relógio, ô meu amante! E ô, minha França! O melhor canhão, e que haverá sempre gente que diz isso e outros que dizem aquilo, e nisso isso e aquilo, e naquilo aquilo e isso, e que é a grande tristeza e a grande beleza do mundo.

O melhor ainda era a arte, nascida convencionalmente mágica desde a alvorada. O resto ia, vinha, flutuava, mancava, até desencorajar o piloto.

É igual, será preciso que eu recobre as forças, que eu não recite o papel de Calcas em *Troilo*: "Eu deixei bens certos e reais para me expor a uma fortuna duvidosa; rompi com tudo o que o tempo, as relações, o hábito e a carreira tinham combinado e tornado familiar à minha natureza; e ao me expatriar pela justiça, eu me tornei novo no mundo, estrangeiro e solitário".

★

EM LINHA RETA

Voltemos aos Mortimar, aos Eugenes.

O livro dormia no "Mercure de France" por causa da guerra, e se eu fosse encontrar Alfred Vallette eu não falava dele, temendo sofrer a tentação dos retoques.[2] Um grande retoque, e o livro desmorona.

Certo de que uma verdade se depreende das contradições, das buscas, das rupturas de equilíbrio sinceras e contínuas, eu poderia ter batizado este livro: *A arquitetura cega*, ou *O acrobata sonâmbulo*, ou *Prova dos 9*, ou *Uma filosofia da desordem*. Eu me condenaria por oferecer um sistema para preguiças.

Minha cabeça continha o labor viscoso de uma colmeia.

★

CRÍTICAS

A virtuosidade leva ao lugar-comum. O lugar-comum exerce um encantamento. Eu conheci virtuosos que seguiram essa inclinação. Parecia-me que eles repetiam com enternecimento para si mesmos: "Eu, Rothschild, tomo sopa com os pobres!"

[2] *O Potomak* estava inteiramente composto no "Mercure", de onde, com as dificuldades de guerra atrasando sua impressão, eu pude transportá-lo à SLDF (Société Littéraire de France), graças à gentileza de Vallette.

Ora, se cansado de sua própria fonte, abebera-se em praça pública, ocorre, ao contrário, que uma forma que se procura faça fugir do lugar-comum certa afetação fatigante. É a minha principal crítica contra o estilo deste livro. Um estilo rococó.

★

Os desenhos: preciso de coragem para deixar sessenta e duas vinhetas sem graça na superfície de uma obra profunda como o indivíduo. Essas regatas provocam a natação em detrimento do escafandro. Acrescento algumas pranchas novas. Fórmula menos tola. Não que eu exalte a sua excelência, mas o ponto de encontro mais exato entre o mal-estar Eugene e a linha. As feiuras de *Uma história que, para acabar bem, termina ainda pior* me chocam e eu teria sido seduzido a retomar tudo, se essa feiura canhestra, paralela, por exemplo, a tais "versos livres" do texto, não fosse o livro mesmo e a prova do que ele prova.

★

O POTOMAK

Mais uma palavra. Voltei ao aquário do Potomak. Não se anuncia nenhuma reabertura, mas o cartaz: FECHADO POR CAUSA DE PENHORA, desaparece sob outro novo:

MAISON FRANÇAISE
FECHADA
POR CAUSA
DE
MOBILIZAÇÃO

Um bandido muito mau escreveu em cima: PROCURO UM AMIGO SÉRIO.

O POTOMAK
1913-1914

Dedicatória

A IGOR STRAVINSKY

Meu caro Igor,

Não é por acaso que lhe ofereço este livro.

Depois de O Pássaro de Fogo *que, vindo das neves, atravessa a floresta de Siegfried para abater-se perto de nós, e a pobre marionete que morre em uma noite de Andersen no suspiro das gaitas,* A sagração da primavera *celebra seus ritos.*

Vislumbro noites de abril sobre o seu rio russo, no qual "o inverno lúcido" se harmoniza com a molícia oriental.

É aí que podem nascer tão terríveis imaginações.

A sua obra-prima assemelha-se ao ovo, porque dele ela tem a plenitude e o mistério. Eu me lembro de tê-la apelidado depois da primeira audição: "As geórgicas da pré-história". Acrescento: Suas bucólicas. Uma écloga feroz.

Hoje, desejo esquecer Roerich e W. Nijinsky, o ginásio onde se mobilizavam o rebanho vermelho das moças, o verde cru das colinas, a brincadeira dos rapazes, esse drama tão estranho como os costumes dos insetos no cinematógrafo.

O "Álbum dos Eugenes" se impôs a mim em um salão campestre onde, cada dia, tocavam para mim sua música. Escutava-se o choque surdo dos saltos contra a terra

um passeio de mamute
um pátio de fazenda
um acampamento.

Às vezes, um romance ingênuo chegava de tempos remotos.

Eis nossos dramas, a face de Janus na qual a sisudez se alterna com o riso.

Há riso e riso, Igor.

A bailarina de Petrushka *ainda me fere o coração com seu pequeno trompete.*

J.C.

N.B. – Infelizmente, é preciso baixar a crista; esta dedicatória, eu a escrevia em 1913. Esta nota, em 1914, eu me resigno. Colocar em ordem, talhar, maquiar, seria subtrair uma chance de interesse ao que lhe ofereço.

Não houve livro;
no máximo uma ficha de temperatura.

Em retrospectiva

I

1. Primeiramente, conheci os Eugenes.
2. Desenhei, sem texto, o "Álbum dos Eugenes".
3. Por eles, senti a necessidade de escrever.
4. Acreditei que eu ia escrever um livro.
5. Eu tinha muitas notas em desordem.
6. Ditei essas notas.
7. Vi que não era um livro, mas um prefácio. Prefácio de quê?
8. Deixo em toda parte a palavra "livro" e o empolamento ingênuo das promessas. Na infância, alinha-se títulos de obras e não se as escreve.
9. Nada o força a ler um livro.
10. Argemone* dirá: "O que é isso? Entre os desenhos e o texto nenhuma relação. E uma linha nunca se acopla à outra".

* Eu estava em uma farmácia normanda com um amigo que tenho em comum com Gide.
– Olhe estes potes, eu lhe disse, acreditar-se-ia que são nomes de Gide. Foi assim que batizei os personagens de *O Potomak*.
Essa malícia de amigo e muitas outras não devem ser mal compreendidas.

A opinião de Canche me tranquiliza:

"A ideia nasce da frase como o sonho se redireciona de acordo com as poses de um dormente que se revira."

II

Eu escrevia com desordem. No centro, nós percebemos que eu me transformava, que eu escrevia em uma dessas crises em que o organismo muda. Assim, muitas vezes antes da morte morre-se, e, quando se chega a morrer, assemelha-se aos dançarinos sagrados da Espanha.

Esses dançarinos dançam na igreja, e, sobre os seus corpos o traje ancestral se transmite. Ora, de século em século, substituem-se as suas tiras e, agora, ainda é e não é mais o mesmo traje.

★

Amanhã, posso não mais poder escrever este livro. Ele cessará no dia em que cessará a transformação: no último dia da convalescença. Então, eu poderia escrevê-lo, mas não seria mais um livro, pois o que o compõe, o dirige e o bloqueia é o estado no qual, momentaneamente, me encontro. Mais adiante, lhe falo de um acrobata: "Cada passo engana a queda". Ele ignora onde acaba a corda e, mesmo com o pé em terra firme, anda com precaução.

★

Se você encontrar uma frase que o irrite, eu a coloquei aqui, não como um recife para que você naufrague, mas

a fim,

como por uma boia,

de que você constate o meu percurso.

★

Ambientes diversos demais são nocivos ao sensível que se adapta. Era (uma vez) um camaleão. Seu dono, para proporcionar-lhe calor, colocou-o sobre uma manta escocesa colorida.

O camaleão morreu de fadiga.

★

Os Eugenes, o Potomak, a borboleta, eu não soube por que os criava, nem qual relação podia, ao certo, se estabelecer entre eles. Arquitetura secreta. "O que você prepara?" – perguntou-me Canche. Enrubesci. Impossível responder-lhe.

★

"Você tem, disse Canche, os bolsos cheios de palitos de fósforo e nunca os utiliza." É, respondi a Canche, a elegância da riqueza. Abusar parece-me vulgar e mesmo utilizar-se de, uma falta de tato. Dou-lhe mil palitos de fósforo. Esteja livre para acender o seu cachimbo.

★

O que o público critica em você, cultive-o: é você.

★

Meu pudor: estar completamente nu, arrumar o quarto, apagar. E cada um traz a sua luminária.

★

Tome cuidado com os conservadores de velhas anarquias.

★

Vou confessar-lhe um dos meus primeiros sintomas.

Os recortes de jornal me teriam feito chorar outrora e encontro neles uma força. Quanto mais zombam de mim e mais esse eu desvanece, desejo que zombem dele. Uma noite, Axonge me felicitou. "Eu acreditava em você", ele disse, "mas esperava essa crise para mais tarde."

Eu não consegui compreendê-lo.

★

Eu não salvarei nada do meu passado que flamba. Não me tornarei uma coluna de açúcar se eu me viro?

★

Viaje – me dizia Persicairo. – Se você muda sem se mover, à sua volta os objetos e os seres se deslocam. Na viagem, você sabe se sua visão é nova ou simplesmente novo é o que você olha?

E depois, você volta para casa como um estrangeiro.

Ora, imóvel, eu gosto dessa vertigem e da minha ingratidão.

Assim se desprenderam de mim como a casca de eucalipto:

A…, o modesto,
B…, o diletante,
C..., quem era mais inteligente que o seu mundo e
não o bastante para outros,
D..., o eclético,
E..., quem era engraçado,
F..., quem não era,
G..., o amargo,
H..., o covarde,
I..., o simples,
J..., o complexo,
K..., o injusto

e muitas das coisas pelas quais eu tinha sofrido um transtorno e pelas quais não sofro mais.

⋆

Sei agora, na noite do repique, o que se passa em Malinas. Frângula estava lá. Ele me contou.

O sineiro, completamente nu, na sua caixa de vidro salta de corda em corda: e sobre a cidade

os anjos dançam o balé de Fausto.

O clima estava ameno… as estrelas… uma rua que sobe.

Se você não para, conta Frângula, e se você não concentra a sua sensibilidade, amolecem os tímpanos e se embaralha a música de bronze.

Quando Frângula tenta colocar os outros na atmosfera daquela noite em Malinas, ele pousa a mão sobre o seu coração.

Como eles vieram

I

– Persicairo, você se esqueceu daquele parque? Tenho dificuldade para chegar lá. Mas estou certo de ter passeado por ele, uma noite, com você.

Ele descia até a beira-mar.

Nós ouvimos uma pequena queixa. "A boia de…", diga você então, e o que me escapa é o nome da praia.

Aqui, sempre, paro e mergulho.

Sou o elemento no qual dorme a pérola. Eu me afundo. Ouço um zumbido na minha cabeça. Não me movo.

… atenção!

medusas, leques-do-mar, esponjas,

fosforescências,

a sombra de uma ilha,

noite biológica.

Meu olho mira um livro amarelo, um frasco de tinta, minha caneta tinteiro. Procuro.

Fragmentos de memória, datas, instantes de época, rostos, coisas feitas ou ditas, e, de repente, sem importância, uma poltrona que devora tudo, que reencontra o relevo em detrimento do resto na direção do qual eu me esforço.

Espirais.

Estupor de ser eu, de ter de morrer.

Abro um pouco o meu escafandro.

Ufa! (Não, eu não tenho a pérola.) Mas permita, pelo menos, que eu respire.

Oh! Eu me lembro bem. Este nome do golfo triste onde se queixava a nossa boia, um tufo de hortênsias azuis o esconde. Nós descíamos uma avenida e vimos um jovem índio fugindo. Era, Persicairo, uma vasta propriedade, ao crepúsculo: uma alvorada da noite.

Não se ouvia o mar.

Espere, virava-se à direita. Eu viro à direita.

Um perfume de heliotrópio.

Conto sete degraus.

Nós ouvimos tocar piano.

Engano-me. É melhor que eu recomece.

Era, Persicairo, uma vasta propriedade, ao crepúsculo: uma alvorada da noite. Não se ouvia o mar. A gente atravessava, se me lembro bem, quatro pequenos pátios de claustro à italiana. Quando atingimos a entrada do quarto, outro jovem índio fugiu a passos largos. Era um pátio de campânulas e de heliotrópios. (Aqui, o odor de heliotrópio.)

E foi então que se tocou piano.

Um detalhe que nós observamos: nos ângulos da casa, havia janelas tão estreitas e tão altas que não se podia compreender o que elas iluminavam no interior.

Nesse exato minuto, comecei para você o APÓLOGO DA BORBOLETA.

APÓLOGO DA BORBOLETA

Havia, na cidade de Tien-Sin, uma borboleta.

– Eu temo, Persicairo, que o meu apólogo o fatigue.

"Eu o repreendo", você diz então, "por interromper, mas eu o aconselho a não insistir muito sobre as asas da borboleta. A noite cai".

(Passamos perto de uma magnoleira.

Ela erigia contra o muro uma genealogia de pombas.)

Então, retomei, era uma famosa borboleta. É por isso que o jovem artista Pa-Kao-Tsai...

– A sua história é chinesa?

– Sim, respondi, baixando os olhos, admito, mas, mesmo assim, ela não é ruim.

– Como se chama o seu jovem artista?

– Chou-To-Tsé.

– Ora, parecia-me ter ouvido outro nome.

A sua segurança me confunde. "Esqueci", balbuciei, "o fim do conto". "É uma pena", você diz, "eu teria gostado de conhecê-lo."

Nós nos despedimos à beira de um gramado.

(Tudo isso, eu contava a Persicairo na esquina da rua de Sèze e do bulevar da Madeleine.)

– Estranho – ele diz. – Eu não poderia colocar em dúvida a sua boa-fé, mas não me lembro de nada desse passeio. E o deploro ainda mais porque reencontro a minha curiosidade pelo parque de hortênsias e desejo saber o fim do apólogo.

– Adeus, Persicairo; Argemone se impacienta há um quarto de hora. Amanhã, eu lhe escreverei.

Na manhã seguinte, escrevi a Persicairo:

"Meu caro Persicairo, eu achei o fim do apólogo. O jovem artista chinês caminha e percebe a borboleta.

Ele nunca havia visto uma borboleta tão bonita. Ele se exalta e começa o seu retrato, de memória.

Sobre papel de arroz ele pintava
mas, antes, sua mão desenha com minuciosidade,
pois, em Tien-Sin, sua cidade,
muito menos que em Paris, coisas a fazer encontrava.

Essa paciência o leva aos cem anos de idade. Enfim, uma noite, antes de morrer, ele dá a última pincelada.

Então, a borboleta deixa a página e voa

Adeus."

MENSAGEM DE PERSICAIRO

Seu apólogo me agrada. Ele me motiva a acrescentar aos meus agradecimentos uma anedota mais humilde. Eu inventava, para o meu filho, um conto de fadas; ora, nós chegamos ao monstro.

Eu me obriguei a descrevê-lo.

"Gordo, melancólico, arredio, ele fica, continuamente, sentindo sob a sua barriga o calor da lama. Seu crânio é tão pesado que lhe é impossível sustentá-lo. Ele o rola à sua volta, lentamente, e, a mandíbula entreaberta, arranca com sua língua as ervas venenosas regadas com seu hálito. Uma vez, ele devorou suas próprias patas, sem perceber.[3]*"*

Desculpe-me se interpolo. É preciso habituar as crianças às belas coisas, e eu estava com sono.

"Ninguém", continuei, "*ninguém viu os seus olhos, ou quem os viu morreu. Se ele levantasse suas pálpebras, suas pálpebras rosas e inchadas...*" – "Oh! Papai, papai, pare, por favor", exclamou Mélico. Depois, quase sem voz:

[3] A Tentação de Santo Antônio.

"Estou com medo do bicho. Se ele sair do conto!"

Aqui, peço desculpas.

Eu tinha, para retomar essa passagem mais tarde, assumido compromissos presunçosos.

A minha tentação de escrever a sequência me fez deixar para as calendas um trabalho que reclamava o imediato. A massa está seca.

Este erro, muitas vezes o cometi.

Minha impotência para o retoque e a franqueza do livro me desaconselham o subterfúgio.

Imprimo notas cruas:

Desejo de responder de novo à resposta – Fadiga.

A caneta, na margem e sobre o mata-borrão, começa a viver.

No meu ouvido... esse assobio de anjo, se, lentamente, você desliza o seu dedo molhado na borda de uma tigela de vidro.

De repente: O EUGENE.

II

Eu me lembro de uma dessas figuras, abundantes em detalhes, que nos dita a insônia.

Era na casa de Cameline, no campo. No canto de uma folha de mata-borrão rosa, uma mulher com um grande olho e uma orelha redonda.

Um ano depois, eu reencontrava o meu quarto e o perfil. Não pude resistir ao reforço de um gilvaz, de uma mancha, de uma ruga e de uma bolsa embaixo do olho. Por isso, concebi, na manhã seguinte, o remorso de um tipo de crime, como se, magicamente, distraidamente, tivesse-me sido possível envelhecer uma jovem amante.

Tão logo uma figura inscrita, nós nos tornamos responsáveis por ela, tendo o direito de a suprimir se ela nos desagradar e se nos agradar, de cuidar dela.

O Eugene, o primeiro Eugene, "o enviado dos Eugenes", me fascinou. Ele parecia um priodonte, larvas, uma retorta, a curva de Aoiro, um orbe, um giroscópio ornado de murmúrio. Eu não o batizei. "Ora", eu disse, "um Eugene!", como esses negros exclamando: "Cristóvão Colombo!", e acrescentando: "Nós fomos descobertos".

Os Eugenes me transmitiram seu nome como eles me haviam enviado o esquema de uma silhueta equivalente à sua massa informe.

Seja como for, um Eugene estava lá, sem que eu me lembrasse de jamais tê-lo desenhado, em pé, o olho fixo, a boca dissimulada, o braço curto.

A cabeleira ainda me intriga. Afirmam-me que é uma leve placa metálica, enrolada na base; mas essas aparências pouco importam. Nessas condições, uma forte surpresa eu teria tido, do seu traje parecido com o nosso. Repito que isso não tem importância, apenas uma importância secundária. Imediatamente, compreendi que esse homenzinho desenhado era, em relação ao infinito, o número, o ouriço de ouro que representa as estrelas, um signo convencional.

Senti o alívio, atroz, de um fraco que se encontra uma vez cara a cara com o seu inimigo.

Ora, ao passo que, meio rindo, meio preocupado, inventei (acreditei inventar) tudo dos Mortimar, e também o seu nome que não esconde nada, senão que a palavra "morte" está aí incrustada, eu não inventei nada dos Eugenes. Eles continuavam a impor-se em pelotões. As pessoas que me cercavam viram que eu quase não era responsável. Eles os olhavam descer da minha caneta, como nesses barômetros aneroides que sentem o temporal e que nele inscrevem o Alpe.

Logo, os Eugenes se tornaram, para mim, uma pedra de toque da sensibilidade. Bastava colocá-los em frente do paciente e esperar. Experiência decisiva.

As pessoas fechadas para o milagre não me interessavam. Elas serão sempre inaptas a gostar do que eu gosto ou, no mínimo, gostar da mesma maneira.

Aprendi pouco a pouco que os Eugenes desejavam um S no plural pela persistência com a qual, dez vezes seguidas, eu cometi o que acreditamos, primeiramente, ser um erro de ortografia.

Então, eu tinha recebido, senão a ordem, ao menos *a mania* de tirar o Eugene do mata-borrão, no qual eu o via tão plástico e tão indecifrável como um hieróglifo que representa um crocodilo e conta uma batalha. Eu o considerava, sem mesmo procurar mais as razões da sua força. Eu me acostumava docilmente com ele.

Minhas buscas para liberá-lo da sua prisão plana!

Não me lembro de me ter dito: "Seria divertido desenhar todas as suas poses possíveis", mas sim: "É preciso combinar para este Eugene uma evasão relativa".

Como sou poeta, desenho mal. Conheci as surpresas do primeiro homem que descobriu o três-quartos sem querer.

Imagine, a favor de uma linha desajeitada, *pela primeira vez*, um homenzinho que anda em direção ao interior do quarto.

A maneira como o Eugene me comunicou a sua vontade de se mover em três dimensões me retorna à memória tão exata como esta noite de setembro. De tanto olhá-la e de ser seguido por seu olho, percebi que duas linhas perto da curva do nariz e no occipício, uma que Ramsés teria tomado como uma mancha e outra como um bastão, esperava, a fim de destacar o nariz e os cabelos, apenas uma linha de retoque. A primeira era o ângulo de uma parte curva do nariz; a outra, a aresta, por dizer assim, de um pergaminho enrolado pela metade.

Só me restava seguir o exemplo. Depois do nariz e dos cabelos, vieram a bochecha, a boca, o colo, a gravata, a barriga, as pernas e os pequenos botins absurdos. Logo, houve Eugenes em todas as partes e nenhum deles nunca sendo idêntico, eu os supus um e inumeráveis, como o zero, colar do nada.

Já tinha eu visto alguma coisa que os Eugenes me lembravam? Eu acreditava apreender, perder e apreender novamente, subindo e mergulhando outra vez, como um ludião, no elemento do pensamento, uma circunstância análoga àquela do seu nascimento terrestre, uma vaga relação antiga entre este mata-borrão e outro, entre o eu deste gesto e outro eu gêmeo que eu não podia alcançar.

Eu soube, mais tarde, que era uma farsa das mulheres Eugenes. Fazer imaginar, de repente, no espaço de um milésimo de segundo, já ter visto ou ouvido alhures e nas mesmas circunstâncias um espetáculo ou uma frase que impressiona o nosso olho ou o nosso ouvido.

As mulheres Eugenes afagam os neurônios da memória um pouco antes que a imagem ou os sons toquem os sentidos, e o imbróglio provoca este desequilíbrio que nos faz lembrar-nos de uma percepção, no mesmo instante em que ela nos chega, como uma coisa antiga e já morta.

Eu o vejo sorrir, Axonge. O que responder à sua gravidade erudita?

Lá, onde um muro obriga os filósofos e os cientistas a pausas meticulosas, começa o poeta.

A ciência só serve para verificar as descobertas do instinto.

Eu gostaria de lhes citar duas frases. Elas me foram ditas por H. Poincaré alguns dias antes da sua morte. Eu era muito jovem e o havia encontrado na casa de Alysse. Eis a primeira: "Por que você seria tímido? Eu que devo sê-lo. A sua juventude e a poesia são dois privilégios. O acaso de uma rima tira, às vezes, um sistema da sombra, e a alegria pega o mistério em pleno voo". A segunda era melhor:

"Sim, sim, disse esse homem íntegro, eu adivinho. Você gostaria de saber em que ponto estamos em relação ao desconhecido. Cada dia traz um prodígio nos nossos laboratórios, mas a responsabilidade nos obriga ao silêncio profissional. Eu vejo coisas, eu vejo coisas... (E ele retira seus óculos sem haste.) A fé que depositam em nós só pode alimentar-se de certezas. O desconhecido!..."

Ouço o samovar e um *bateau-mouche* no Sena.

"Em relação a nós, ele é, atualmente, como para mineiros escavando uma galeria, o choque surdo, os primeiros golpes de alvião dos mineiros que vêm ao encontro deles."

Admita, Axonge, não é nada mal? De resto, ele morreu disso. FIZERAM-no morrer: a polícia do desconhecido.

Mas estou divagando; em que ponto eu estava? Ah! Sim, o seu sorriso depois da hipótese do jogo das mulheres Eugenes, o que motiva (tenhamos ordem) um esclarecimento sobre a aparição delas.

Como as mulheres Eugenes apareceram? Uma noite, e delas mesmas, sobre uma página onde vagabundeava a minha mão morta.

Você deve conhecer, Persicairo, na madrugada, as carroças de legumes da praça da Concorde. A gente volta para casa. O esforço para tirar a roupa e ir para a cama, a gente protela. Está acima das nossas forças. Para dizer a verdade, eu só vi a coisa no dia seguinte, entre garatujas. Mole e grave, uma das mulheres se encontrava misturada com um Eugene. O início do traço da caneta do qual ela era feita saía-lhe das costelas.

Desenhei um casal.

Depois um bando.

Depois o álbum.

Cópia do enviado dos Eugenes e da primeira mulher Eugene.

ÁLBUM DOS EUGENES
OU

UMA HISTÓRIA
QUE,
PARA ACABAR
BEM,
TERMINA
AINDA PIOR

Eis o "Álbum dos Eugenes".

Com o tempo, eu me concedi o direito de acrescentar um texto aos desenhos, depois de ter pensado que eles não o comportavam.

Não procure Mortimar, exceto em você mesmo.

Esse casal termina, em um lago de Genebra, sua deliciosa viagem de núpcias.

O lago de Genebra! Uma gota a mais, ele transborda. Deus é um paisagista muito irregular.

*

Segundo a fome deles, os Eugenes escolhem um casal confortavelmente ou desconfortavelmente preocupado.

Desta vez, frente a frente com os "Mortimar típicos", os Eugenes não se importam de esperar, e até aguçam seu apetite.

Um Eugene repara nos Mortimar, pela primeira vez.

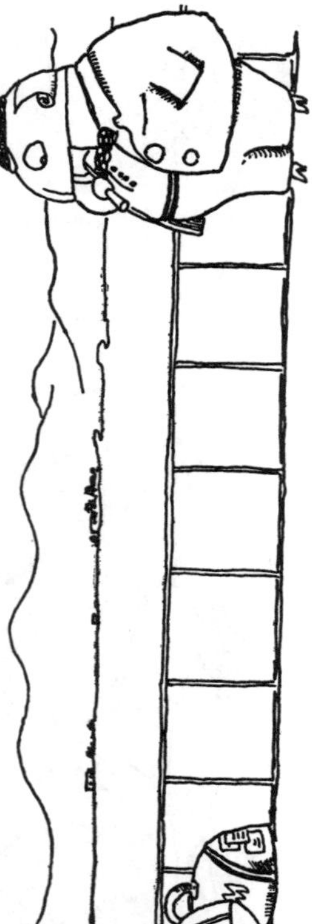

Sinal.

Uma mulher Eugene.

O casal de frente.

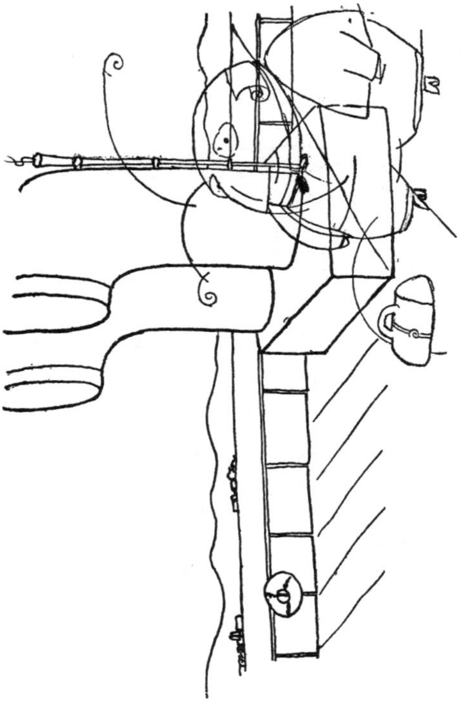

O guardião da mala contendo A COISA.

Espírito de grupo.

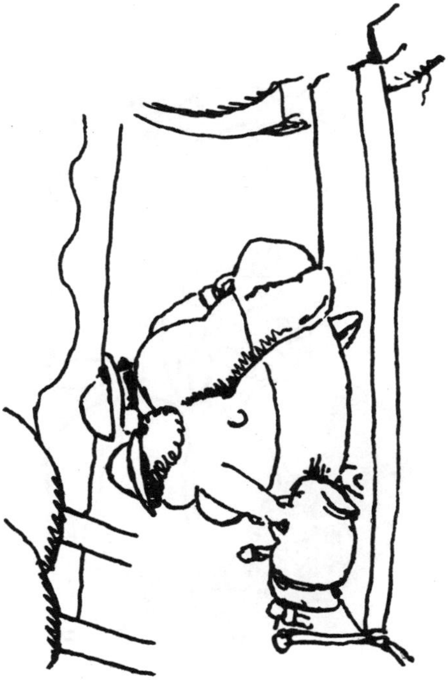

Desembarcadouro.

Jantar.

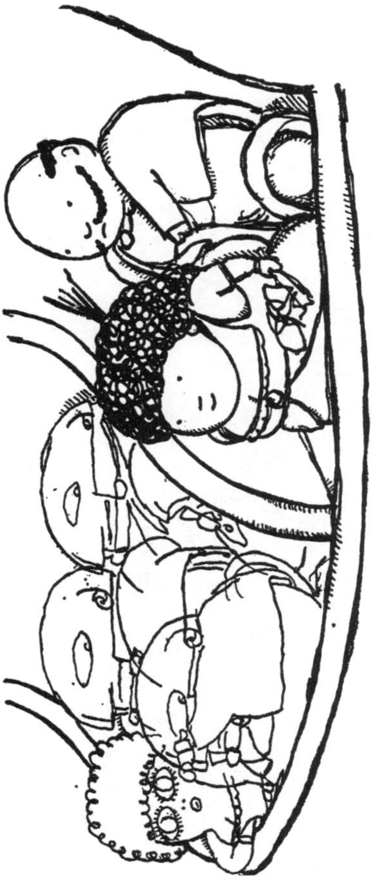

O teatro.

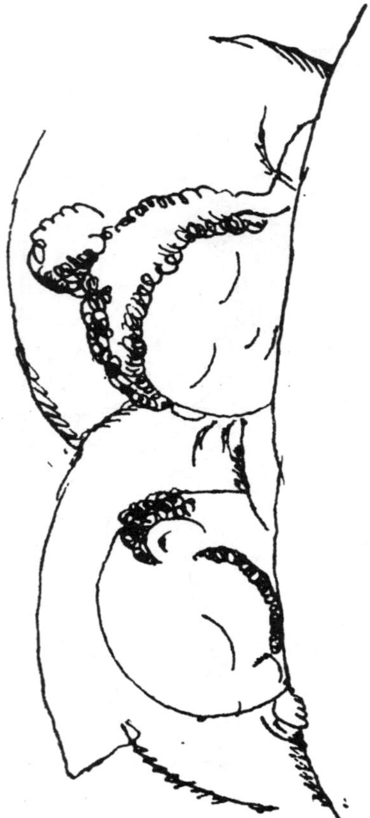

Sono.

Tão cheio, tão redondo (um só para dois),
o sonho dos Mortimar, que os Eugenes procuram em vão,
para nele penetrar, uma saída.

Religião.

Amor.
Os Mortimar...

... têm um só coração.

Poesia.

A dança.

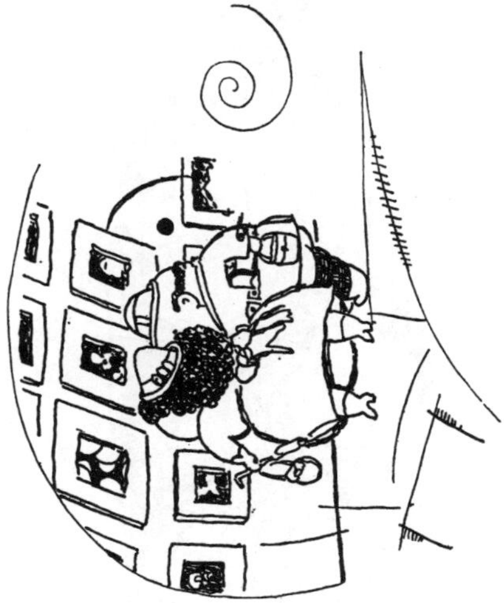

Pintura.

Música. *Nada perturba os Mortimar.*

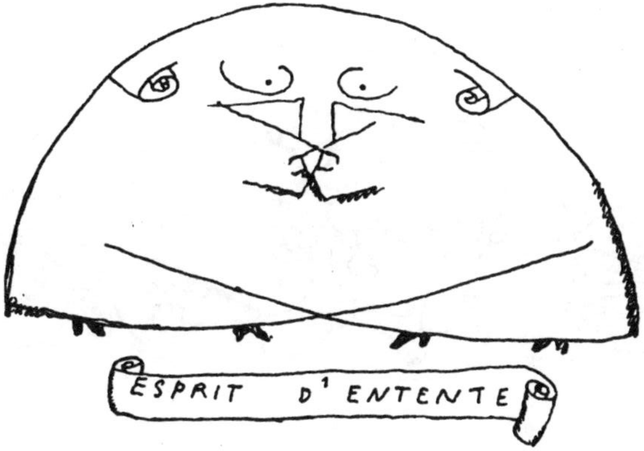

Espírito de entendimento.

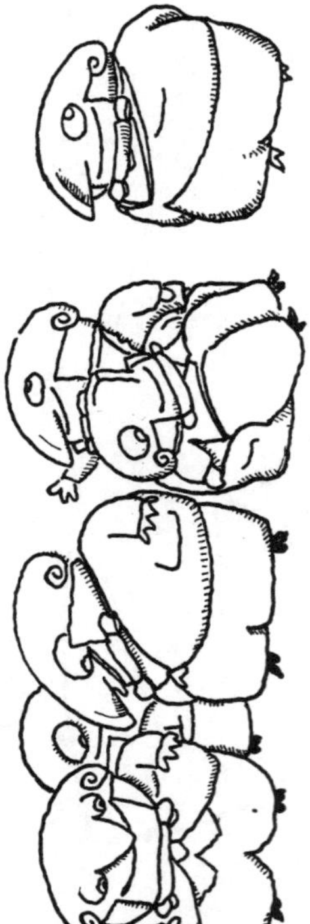

Os Eugenes tendo encontrado um modo, se regozijam.

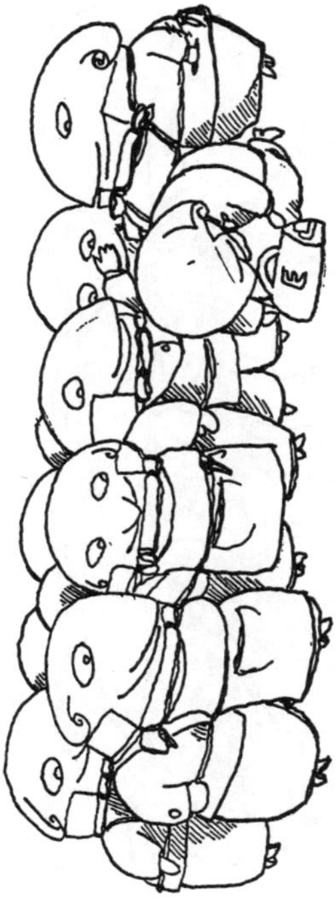

A COISA.

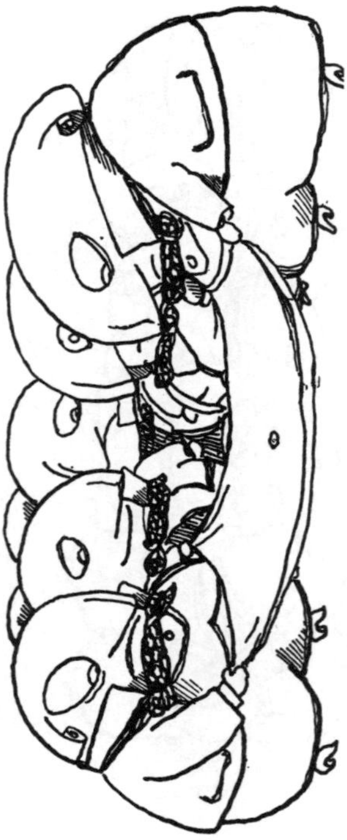

Parsifal I.

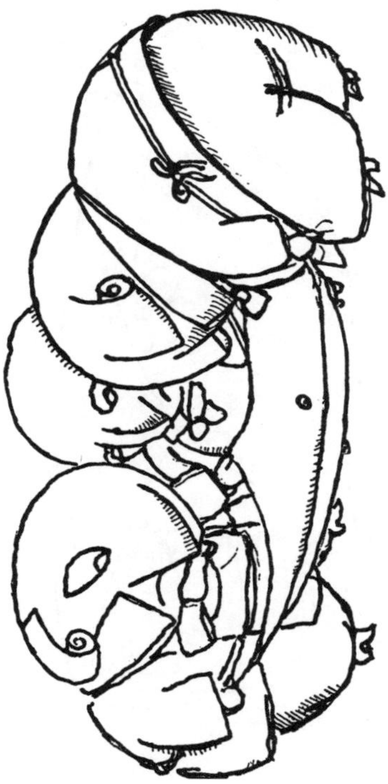

Parsifal II.

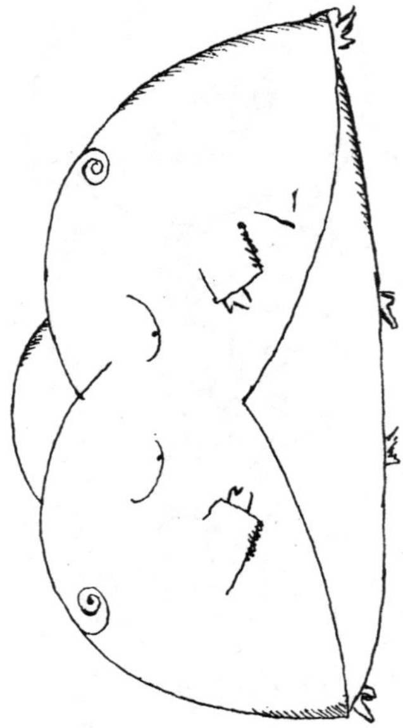

Parsifal III.

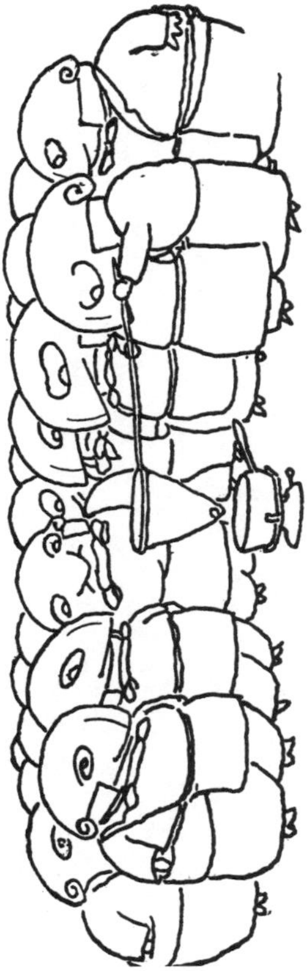

Parsifal IV.

Espírito de cerimonial.

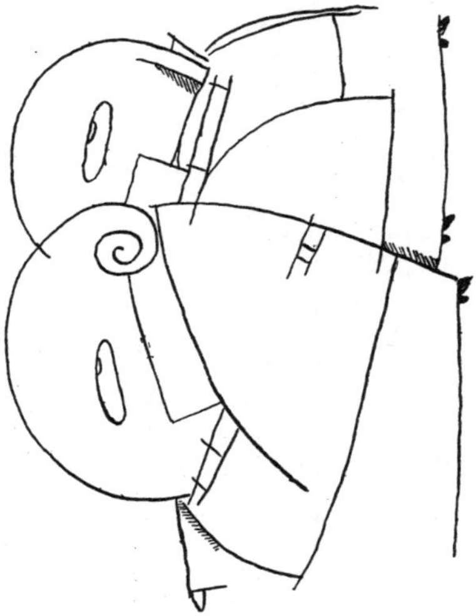

Cortejo.

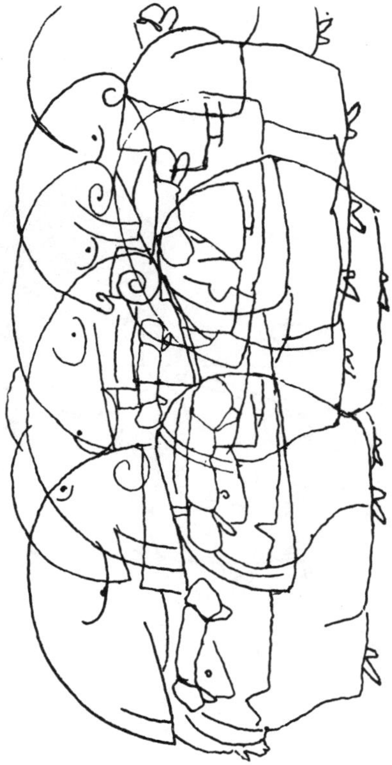

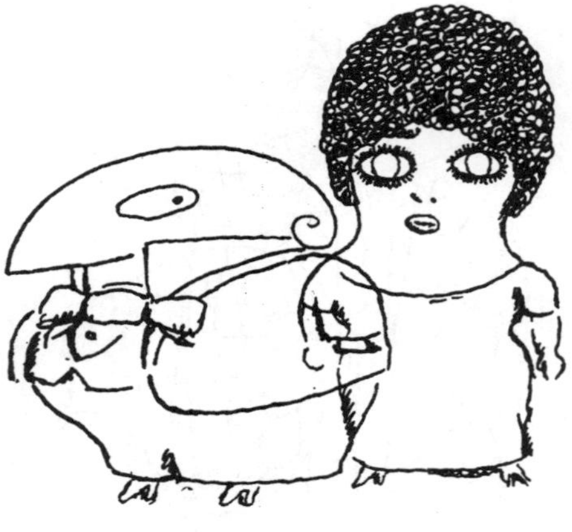

Uma ordem.

O modo dos Eugenes: os Mortimar não esperando nada (emocioná-los), bater à porta deles.

Sequência dos preparativos.

– Com A COISA a gente destila um elixir.

– Vaporizador.

– O elixir preludia tudo.

(Misteriosa importância de A COISA.)

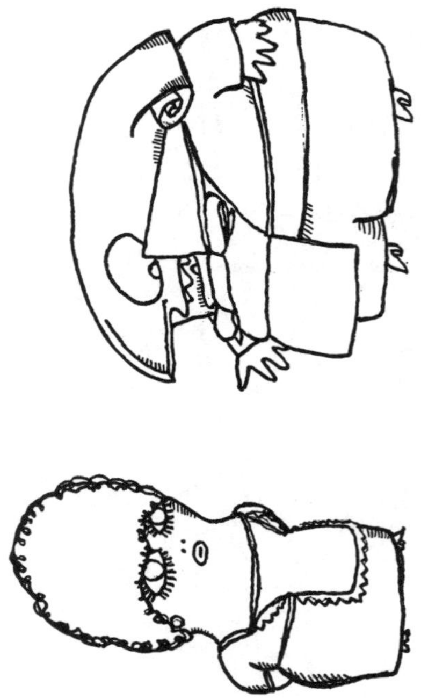

Vamos.

Espírito de ferocidade.

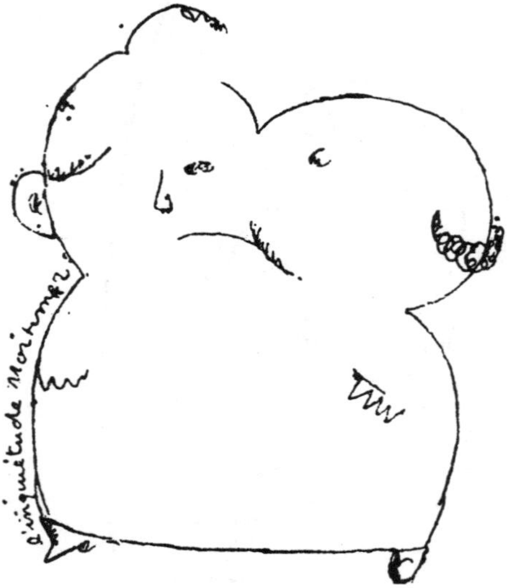

Sucesso do modo.
(A inquietação Mortimar.)

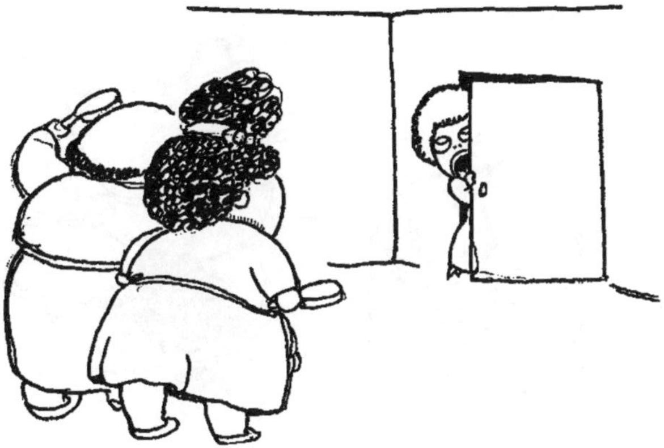

A porta I.

A porta II.

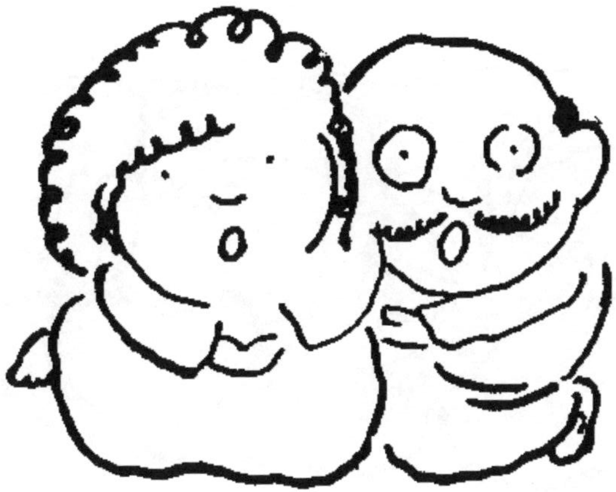

A angústia Mortimar.

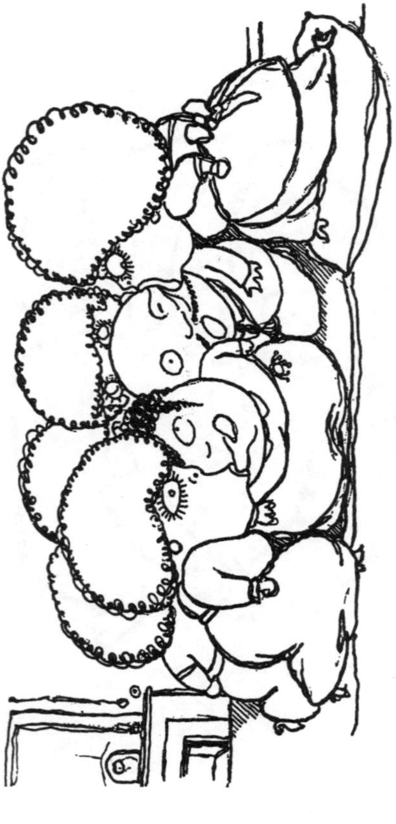

As mulheres aspiradoras começam o trabalho.

Aspiradoras.

Aspiradoras.

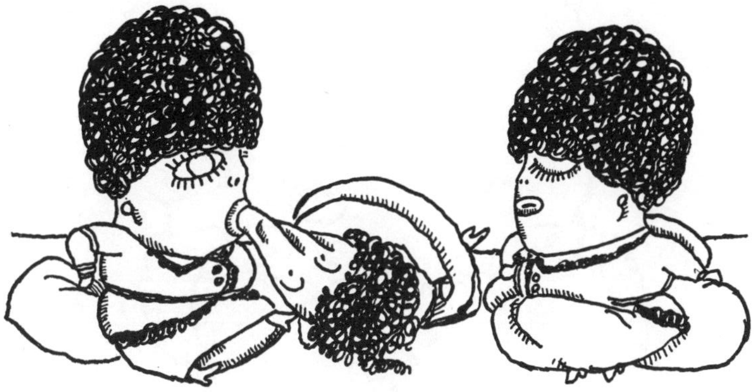

Aspiradora saciada.

Comadres.

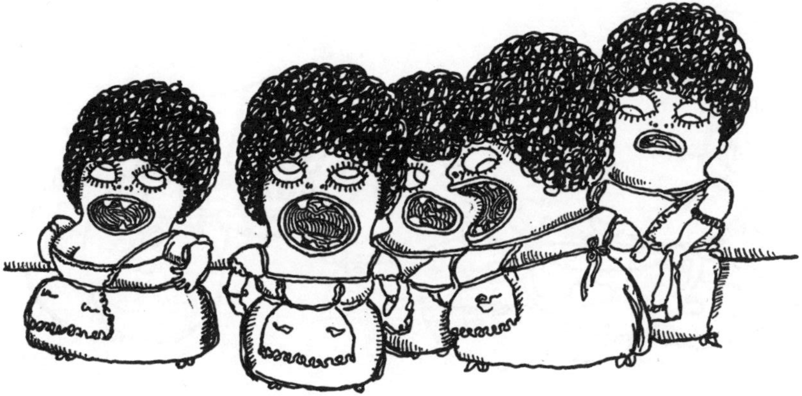

Outras comadres.

A vez dos machos.

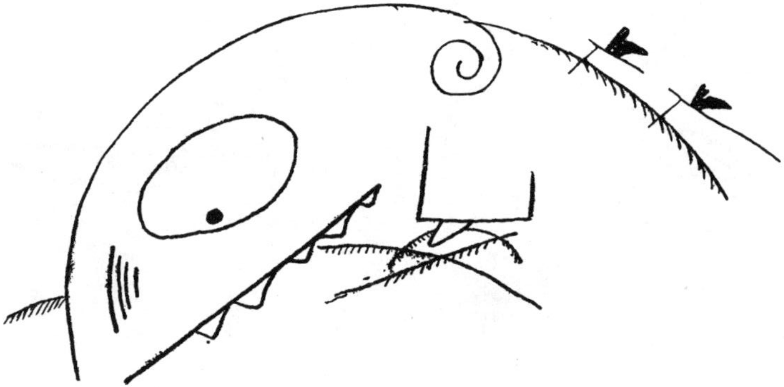

Espírito de glutonaria.

A cozinha I.

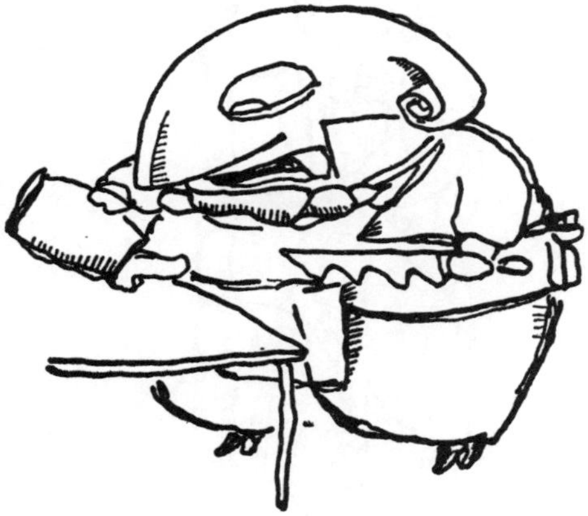

A cozinha II.

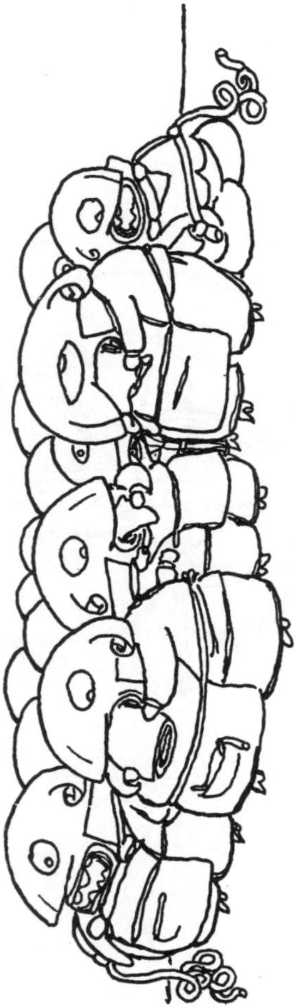

A refeição I.

A refeição II.

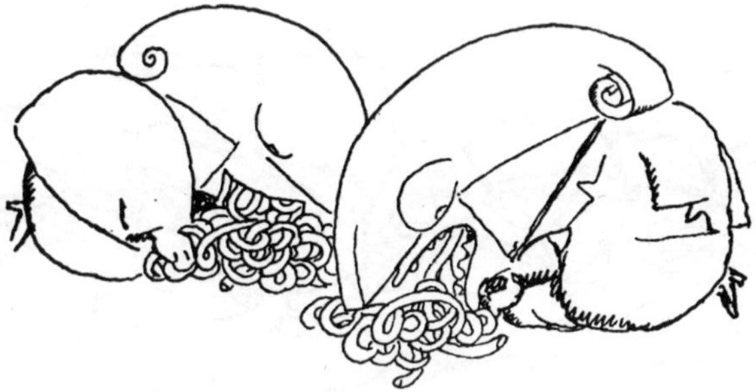

A refeição III.
(Você vem pastar vísceras?).

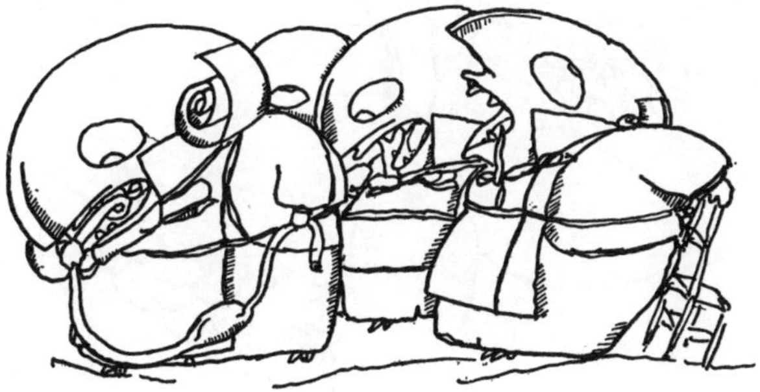

A refeição IV.

A refeição V.

Espírito de digestão.

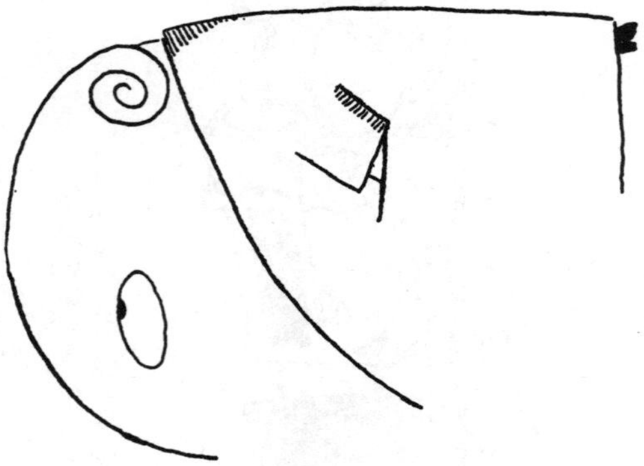

Digestão I.

Digestão II.

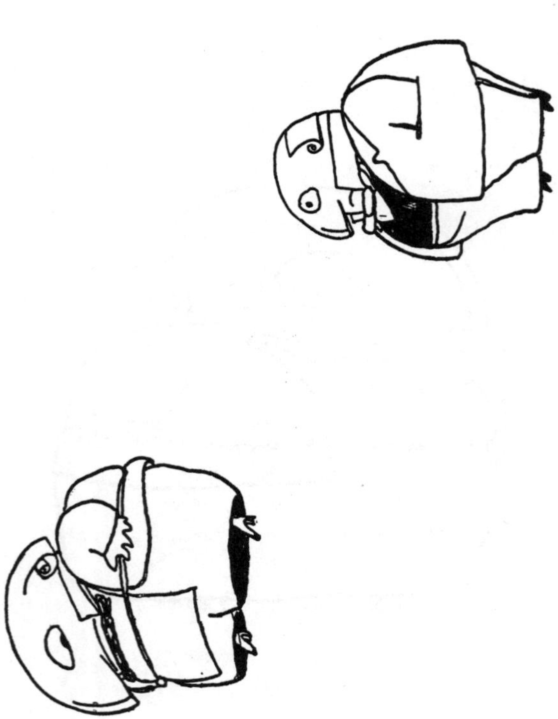

Digestão III.

Digestão IV.

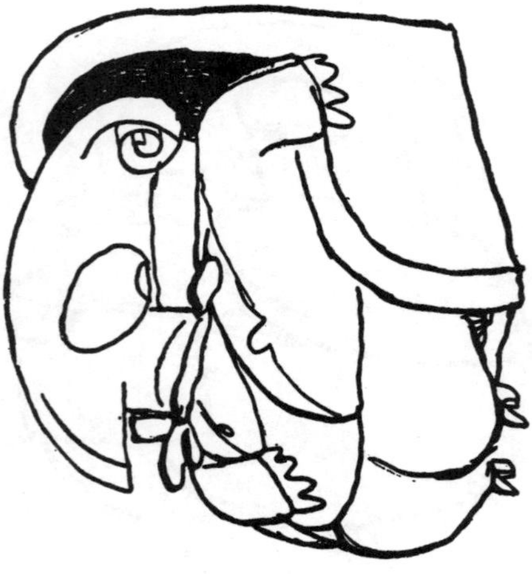

Digestão V.

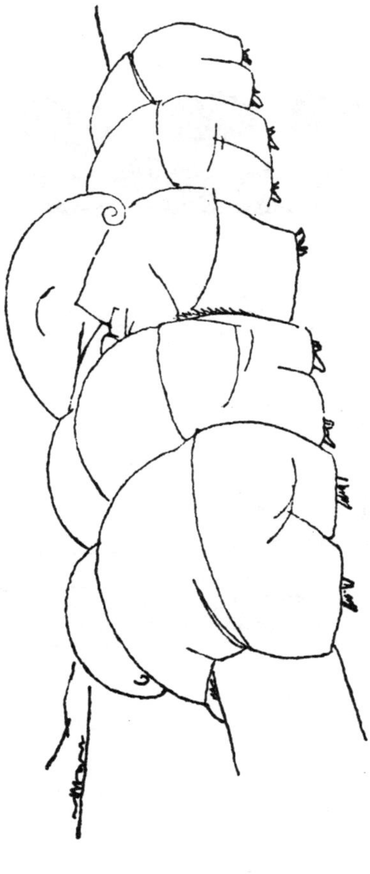

Indigestão (Coroa).

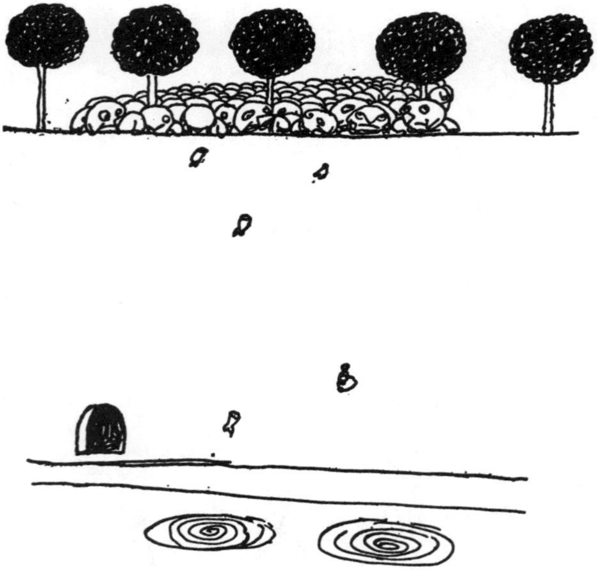

Indigestão (Cara).

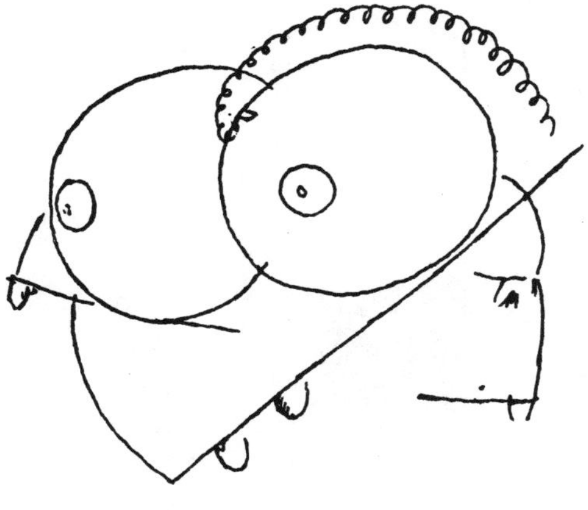

(Espírito genesíaco de reformação.)

Os Mortimar, pouco a pouco, se recompõem, e...

… se encontram em seu quarto
no momento em que os Eugenes bateram à porta.

A arrumadeira entra trazendo água.
– UM DEGAS! *Observa a senhora Mortimar.*
– *Sim, acrescenta o senhor Mortimar. E com uma piscada de olho:*
MAS A GENTE O TERIA POR MENOS.

Infelizmente!

O retorno.
Desculpe, Persicairo, um desenho tão abjeto. Outros (aquele, horroroso, do vaporizador, por exemplo) não tinham esta lamentável desenvoltura.

FIM DO ÁLBUM DOS EUGENES

Confessar os Eugenes aos três amigos.
Argemone.
Frângula.
Persicairo.

Respostas

de Argemone:

> Os seus nervos de novo, etc. Se você consentir em passar um mês em Nice, etc. Que pena ver uma tão saudável inteligência... etc., etc.

de Frângula:

– É muito engraçado, mas hermético demais. Utilização impossível.

Enfim, de Persicairo, uma longa carta.

Carta de Persicairo

Meu caro amigo,

Eu tinha dezesseis anos. Encontrei em um corredor de teatro Pygamon, o parnasiano. Jovens o cercavam, como vários Jesus em volta de um doutor. Ele havia lido versos meus por intermédio de um colega. "Então venha, poeta", ele me disse, "compartilhar minha omelete, no dia 14 deste mês. Nós falaremos do seu futuro." Eu não sonhava com tão feérica oportunidade. Não que eu admirasse mais que os outros os seus versos de especialista, mas meu coração sensível inundava de reconhecimento aquele que me havia reconhecido. À noite, à mesa da família, contei o acontecido. Isso deleitou minha mãe. Minha irmã recitava de cor o *Vestido amarelo* de Pygamon e, quanto a meu tio, que o encontrava no Café Napolitain e o estimava por ter os mesmos gostos que ele pelo absinto, declarou que nenhum mestre me podia servir melhor. Meu pai, infelizmente, que sabia em que se apegar – ele não tinha comprado os primeiros Cézanne? – não estava mais aqui para me alertar.

Quatro dias e quatro noites me separavam do almoço. Nas quatro noites, eu sonhei: na primeira, que Pygamon tinha morrido nas Índias; na segunda, que meu tio era Pygamon; na terceira, que Pygamon esvoaçava rente ao chão. Na última, eu não dormi. Os quatro dias foram de espera, isto é, vazios e atrozes. Enfim, eu ia à casa de Pygamon.

Pygamon morava na rua Guénégaud, no quarto andar.

Uma empregada me abriu a porta. Eu disse o meu nome tão baixo que foi necessário repeti-lo:

– O patrão está esperando o senhor?

– Sim – respondi –, com certeza, para o almoço.

Fizeram-me entrar em uma espécie de budoar.

O budoar estava escuro. Distingui, com o olho se acostumando, móveis e bibelôs de uma feiura morna e sem atmosfera entre eles. Pufes, pelúcias, ônix e esse jovem assobiador, com as mãos nos bolsos, em terracota. Mas, perto de uma janela e graças ao céu de abril, apesar da rua estreita, uma linda obra-prima: Baudelaire por Manet. Você conhece essa tela? Encontra-se nela, mais que em Lola de Valence, o charme inesperado de uma joia rosa e preta. O olho, a gravata e a bochecha fresca formam um contraste de azeviche e de coral, enquanto na Espanhola, ramagens e uma figura amarela incitam a descobrir no alexandrino de Baudelaire um sentido escondido. Aliás, de resto, Mallarmé levanta a máscara. A negra das conchas não é a negra de *Olympia*?

Mas eu antecipo e conto mal. Onde eu não iria sobre um trilho que se oferece?

Eu esperava o grande homem, o chefe do Parnaso.

Duas vezes eu tinha sentido um mal-estar análogo. Uma, em um elevador lubrificando a medula. A outra, em um balão. Sim, no cesto, ao gosto do paquiderme idiota, não com menos vertigem.

Soaram duas horas. Domesticados, os objetos saíram de suas trevas. O piano, depois uma harpa, depois um mapa-múndi, depois algumas cadeiras tímidas. Preparei uma frase. Eu pretendia dizer a Pygamon:

"Senhor Pygamon,

ou Caro Mestre,

ou Senhor,

não se desculpe por ter-me feito esperar. Quanto mais preciosa é uma coisa, mais eu gosto de desatar os nós dos seus cordões. Desprezo os tolos que os cortam. – Procurei uma sintaxe clara, rápida: "Não tenho pressa, desato os nós dos cordões, não sou daqueles que os cortam". Ou melhor: "Você corta os cordões, senhor Pygamon? Eu, eu tenho paciência e encontro neles o meu prazer. Gosto de cordões".

Vozes me interromperam. Reconheci a voz mole do mestre e a da empregada.

– Onde ele está? – perguntava Pygamon. – Como ele é?

– Ele disse que veio para o almoço. É um magro, mas isso não impede que eu tenha feito só para vocês.

Essa resposta me bastou. Esse "ele" tomava forma. Eu adivinhava ser eu. Discutia-se ainda. A porta se abriu.

– Eu gosto dos cordões! – exclamei.

Isso foi tudo.

– Ah, então é você! – ele disse. – Puxa, eu o tinha esquecido!

O aspecto de Pygamon era extraordinário. Ele usava um dominó vermelho escuro e, no rosto, uma mascarilha de renda para barba.

Você compreende o que pode ser para um estudante de quinze anos, habituado às sobrecasacas de tabelião, tal aparição, depois de tal espera? Meu estupor deve ter sido visível, pois imediatamente ele me explicava:

– Eu uso este dominó porque estou resfriado e esta mascarilha mantém um emplastro contra o meu nariz. Tive uma queda que resultou em um galo. Teme-se a erisipela. Celine pragueja contra você. À mesa! À mesa! Você terá o que lhe cair na boca. Na sua idade, não me convidavam.

Nós passamos para a sala de jantar. Um aviário ocupava o maior espaço. Pygamon, entrando, começou a gemer; depois, com um gesto desenvolto, retirou seus botins com elástico e os lançou para qualquer lado, um após o outro. Um caiu em cima dos aperitivos; o outro tinha assustado os canários, que piavam. Nós nos sentamos face a face. Dois pratos esperavam. No meio da refeição, um garoto veio se assentar conosco e nos informou que sua mãe não poderia aparecer. Ela estava compondo. A senhora Pygamon era musicista.

– Tussilagem, bela-rainha quer que lhe levemos alguma coisa?

– Deixe-a – respondeu essa criança vesga –, ela come aperitivos.

A refeição foi breve. Pygamon bebia um *sauternes* que ele misturava em um copo com um licor de ervas. Ele inventava anedotas famosas, mas que eu não conhecia. Ele falava de Verlaine, de Baudelaire, de Banville, acumulando os paracronismos. Uma gelatina o tornava inabordável e (pois ele professava o entusiasmo) não se podia compreender como esse sonâmbulo fazia contato com o exterior.

Um spaniel saltava em volta do filho. Eu admirava seu pelo e sua ternura.

– Ternura, não – disse Pygamon. – Tussilagem o martiriza. Mas seu traje é feito de uma das minhas velhas cuecas e o bicho cheira a um odor dos perfumes do seu dono.

"Um odor dos perfumes" me intrigou. Eu ignorava o verso estranho de Malherbe:

Você tem um odor dos perfumes da Assíria.

Tolere que eu salte alguns alimentos: maçãs, bananas maduras demais e café turco. Nós nos levantamos.

– Garçom – disse Pygamon à empregada –, charutos!

Tussilagem tinha desaparecido.

Oh! Como eu era imbecil! Eu meço como um nada uma época na qual eu toco apenas por uma adição de surpresas, cuja maior parte me escapa. Eu acreditava na poesia como um jogo, um jogo de elite. Eu ignorava este Graal o qual comem os selvagens, como um pombo correio, com o missionário. Eu ignorava a Visita, o anjo à borda de uma janela, o poema sobre uma bandeirola que flutua, e porque flutua tem-se dificuldade de lê-la. Eu ignorava a concepção profunda.

Ora, o mistério da poesia, o que distingue o útil disso do inútil, o que o consagra intermediário, o que o engaja, não é colocar o preto no branco, mas liberar o preto.

(Aluno Persicairo, você conjugará, para mim, trinta vezes, o verbo *explorar o vazio.*)

Eu exploro o vazio,
tu exploras o vazio,
ele explora o vazio,
nós exploramos o vazio,
vós explorais o vazio,
eles exploram o vazio,
Eu explorava o vazio...

Aqui termino, pois o passado permanece proibido para mim. Eis por que acreditei desmaiar de orgulho quando Pygamon, sem preâmbulo, anunciou-me que ele ia ler, para mim, seu drama em sete atos – O *escafandrista de Corfu*. Quem não se lembra do insucesso dessa paspalhice, na qual o sobrinho do jovem Christomanos procura para a sua amante as pérolas da imperatriz Elisabeth? Mas o público ainda ignorava a obra, e o prazer de ser privilegiado se sobressaía, a meus olhos, à mediocridade do privilégio.

– Eu gosto – disse Pygamon – de proporcionar lembranças a um jovem rapaz. Passemos aos aposentos da minha mulher.

A bela rainha digeria, estendida. A sua idade me escapa. Era um milagre: jovem, um milagre de velhice; velha, um milagre de conservação. A franqueza de sua maquiagem frustrava o artifício.

Debaixo do seu vestido brincavam, em uma espuma de musseline "e muitas ao avesso", gaivotas empalhadas.

Ela segurava, entre o indicador e o polegar, um ramo de coral.

À sua esquerda, via-se – sobre uma mesa recoberta com um xale das Índias e em frente de um papel de parede Louis-Philippe representando um mar espumoso, uma fragata e um dique – um binóculo de marfim, uma lupa de escama, a caixa amarela e vermelha de uma bobina de negativos Kodak e, sobretudo, uma caixa de conchas.

O preconceito cedendo ao gosto virgem, esse cofre era de uma riqueza risonha, e podia ser, alternadamente, o jardim à francesa de Netuno, o cesto de núpcias de Virgínia, a caixinha de música em que Sadko canta, a mala de Vênus, a espera no consultório do dentista, a decepção de um pirata ou a herança de um almirante.

Eu insisto, de propósito, sobre os objetos de conchas. Gosto deles porque o "bom gosto" e o "mau gosto" os desprezam. Ora, gostar deles não provava nem fineza nem candura da dama, pois tendo mau gosto, este lhe faltava ao gostar daqueles, gostando por cálculo, por exotismo, e ajuntava assim a graça pelo caminho do ridículo.

Se, banindo o conhecimento e a contribuição do acaso, a gente se colocasse no estado receptivo da senhora Pygamon – jogo fácil depois do budoar entrevisto –, o conjunto charmoso para nós dessa composição só podia chocar o seu olho. A senhora Pygamon se julgava estranha e Medusa de alguma maneira. Ora, o estranho estava banido desse movimento. No máximo, ele podia surgir de um contraste com as pelúcias em volta, pelas quais a Jezebel não era responsável.

Eu insisto, meu caro amigo, para melhor fazê-lo compreender a penúria de uma época em que me impressionou esse carnaval de aquário. Aqui, nesta noite, no meu escritório, sabendo do imbróglio de viver, desemaranho as razões por que a coisa era encantadora, por que estúpida e por que ela me agradou. (Você verá que este parêntese longo demais ou curto demais não era inútil.)

No centro do cômodo, no chão, imagine uma caixa de champanhe na qual se repete quatro vezes a palavra "FRÁGIL". Sob essa caixa, um tronco formando básculo. Nessa caixa, algodão e velhas garrafas cheias de água quente, e, no meio dessas garrafas, um recém-nascido.

– Minha filha Cyroselle – apresentou Pygamon.

Nós começamos a leitura. Pygamon segurava com a mão esquerda o manuscrito em desordem. Com o cotovelo, ele mantinha o meu braço. Sua mão direita aproximava do seu nariz doente um par de óculos redondos de escama. Ele tinha uma cara de rodovalho. Ele uivava, escandia, resmungava, apostrofava, babava, me vaporizava de saliva. Adivinhavam-se rimas. Nada era inteligível.

Ele sacodia sua cabeçona como um virtuoso, batia com o pé direito e me levantava do chão a cada monólogo. Ele assoprava pelas narinas, e sua bochecha púrpura, brilhante de suor, tinha tiques como uma barriga de cavalo atacado pelas moscas. Às vezes ele tinha um espasmo, às vezes fazia uma voz dolente, às vezes de ogro. Não se devia sonhar em ouvir. Eu inspecionava, às escondidas, seu olho pálido, seus cachos, sua barba amarela na qual se esforçava uma boquinha de meia-lua. Eu morria de medo.

Lá, a dama das conchas, sabendo o texto, movia os lábios, deslumbrada. Cyroselle soluçava. Tussilagem trazia canecos de cerveja.

Esse manejo durou sete atos. Vou lhe contar! Não teve nem cigarro, nem pastilha de menta. Eu tinha cãibra e enxaqueca.

O cotovelo não soltava. Em pé contra a vidraça, sua miopia colada às páginas, confundindo-se por causa das rasuras, o olho injetado, a espuma nos lábios, Pygamon continuava lendo. Enfim, com um gesto, como ele havia lançado os seus botins, Pygamon lançou o drama. As folhas se espalharam. Eu me senti livre. Ele se dirigiu para a cômoda, pegou um vaso e urinou.

....

"Rápido, rápido, saia", sussurrou-me Jezebel. "Algumas vezes, depois de uma leitura, ele tem uma crise, e quando ele não conhece bem, pode tornar-se temível."

Antessala! Esperança! Trevas! Eu ia alcançar a porta definitiva quando capotei sobre um móvel. "É a minha cama!", gritou Tussilagem, que brincava na sombra. "Eu errei o caminho?" "Não, senhor", continuou ele com uma voz arrastada, "eu durmo na antessala."

Caro amigo, eu salto, eu salto. Era o meu primeiro contato com a literatura e, se não estou exagerando, de uma importância capital. Depois do desastre do *Escafandrista*, depois do divórcio, depois da morte de Cyroselle, eu revi Pygamon. O que você quer, ele exaltava apaixonadamente os poetas que eu ainda admiro. Mas, atenção, é aqui que lança uma luz o meu parêntese das conchas.

POR QUAL CAMINHO NÃO DEVIA SEGUI-LO PARA ALCANÇAR FRUTOS QUE O BRAÇO COLHE SE O ESTICAMOS?

No outono, Pygamon morava em Versalhes. Sua mansão era feia. Ele a alegrava com um aviário. Eu almoçava lá no domingo e os pássaros, livres, saltitavam e esvoaçavam de cornija em cornija. Ele me repetia com frequência: "Persicairo, depois da minha morte, você herdará o meu iate". Mas esse iate não existia. Ele o inventava para si mesmo, emperrado, na ilha de Palma.

– Eu tenho – dizia ele – uma tripulação de negros. Eu os visto com tecido branco, haja o que houver! Meu iate se chama *Lucignol* e eu lhe peço para conservar esse nome.

Esse iate era o seu orgulho.

– O meu capitão – me disse ele uma vez – me telegrafa uma notícia desagradável: uma tempestade rompeu o nosso estai de bujarrona e o nosso sobrejoanete.

Compreendi tarde que Pygamon, tendo percorrido toda gama de vícios, encontrava gozo em atos que me teriam parecido pueris sem a careta que ele fazia.

Por exemplo, à mesa, durante a sobremesa, ele se esfregava, salpicava seu rosto e sua barba com um cubo de Rahat-Loukoum e gritava de prazer.

Uma das suas torpezas favoritas era complexa. Aproveitando de transtornos de memória, ele se telegrafava de Versalhes uma má notícia ao Café Napolitain. No Café Napolitain, ele abria o telegrama, enrubescia e pegava o trem para Versalhes.

....

Você conhece o detalhe da sua morte, meu caro amigo. Uma bola de guano que, de um rouxinol das Ilhas, cai em uma omelete com pontas de aspargos, não foi necessário muito mais para dar febre amarela nesse ornitólogo e nesse gastrônomo.

....

A mansão mortuária estava cheia de gente. Fazia-se o sinal da cruz. Para a maior parte, outubro fazia dessa obrigação um passeio. A viúva, apesar do divórcio, tinha, por um ato sublime, retomado o lugar junto ao defunto. Quando entrei no quarto estreito onde Pygamon estava estendido, eu a vi imediatamente. Ela rezava de joelhos entre os círios. Uma cauda amarela escapava de um casaco de lontra. Ela assoava o nariz e acenava com a cabeça: "Não, não, é impossível", mas não mostrava seu rosto. Ouvia-se cantar o rouxinol das Ilhas. Pygamon, extenuado, estava soberbo. Você conhece o odor dos crisântemos.

"De fato", pensei, "eis Pygamon. Pygamon cessa. Pygamon repousa. Pygamon se decompõe." E nada mais me tocava o coração. Eu tinha vergonha disso. Eu chamava as lágrimas aplicando a minha memória distraída nas lembranças mais amargas da minha infância, pois eu esperava imaginar, as tendo obtido, que esse espetáculo era a sua causa. Eu até antecipei sofrimentos possíveis, mas em vão. Se eu tivesse chorado, caro amigo, teria sido por não conseguir fazê-lo.

Deixei o quarto. Sentia-me curiosamente livre. Repórteres tomavam notas. Fotografavam-se, na descida de seus carros, os Imortais da Academia e as atrizes. Celine me puxou pela manga. "Senhor Persicairo", ela disse, "não recebi ordens, o que é preciso cozinhar?" "O que quiser", respondi, "Celine, pouco importa! Aliás, eu não vou ficar." "Como o que quiser?!", exclamou. Nesse momento, tendo-me ouvido, um capitão dos bombeiros de uniforme – era, me contaram, o irmão da viúva: "Vale que nos preocupemos com o menu! O que você acha, Celine, de uma boa omelete com pontas de aspargos?" "Boa omelete com pontas de aspargos...", ele repetia com gulodice e, antes que pudéssemos segurá-lo pelo seu sabre, ele entrou no quarto do cadáver exclamando: "Balsâmina, minha querida, o que você acha de uma boa omelete com pontas de aspargos para esta noite?".

Um odor de éter preenchia a casa. Pensei, primeiramente, em higiene fúnebre, mas encontrei Tussilagem, levado sem dúvida pelo espírito de vingança, despejando na água do rouxinol o conteúdo de um frasco farmacêutico.

★

Pygamon, no abismo, arrastou as mastreações fantasmas do iate de negros. A ilha de Palma, em uma bela manhã descoberta por Jean de Béthancourt, e agora ativa, não abriga nada de parecido na sua enseada perfumada. A propósito, essa ilha tem uma enseada e as especiarias perfumam ali, sob as palmeiras? Estimo que a tripulação trabalhava lá descalça, no clima de uma imaginação.

Eu não herdei o navio, mas herdei bem outra coisa.

A rainha me fez segurar um volume.

Era, sob uma encadernação feia, um exemplar das Iluminações.

Foi lendo esse livro que entendi tudo.

Seu

PERSICAIRO[4]

[4] Esta resposta de Persicairo me surpreendeu. (E, mesmo a escrevendo, eu não vislumbrei a sua razão de ser.) Esses sintomas de transformação, acreditamos neles, primeiramente, como um subterfúgio para empregar lembranças da juventude.

Encruzilhada

Aqui, imediatamente, eu gostaria de fazê-lo entender que este livro não trata dos Eugenes, mas que os Eugenes o saturam. Acabei de perceber isso. Eles estão na margem.

O alfabeto turco, solfejo de vocalizos, já se descobre nele, sem conhecer o idioma, o crescendo, o olho, o chapim e o barco. Infelizmente, o nosso, mais sóbrio, se recusa ao arabesco. Eu o deploro. Eu teria gostado que por toda parte certas curvas garantissem o leitor com uma presença tácita.

Os Eugenes, provavelmente, você não os verá mais nestas páginas do que os fluidos ou os átomos em um quarto. Uma depressão nervosa, eis uns; um jato de sol, eis os outros; contudo, eles o impregnam e você os respira.

Os Eugenes, em suma, não são nada.

– Ah! Diabo!

Isto é, você não se contentaria com as soluções elegantes de Chateaubriand para a Santa Trindade.

Eu tenho paciência, escuto.

Levantei-me, tossi, arrumei minha gravata:

"Não seja demasiadamente inteligente", anunciei.

Não seja demasiadamente inteligente
Pois você veria que indigência!
Seria exilado em todo lugar,
No lento envelope humano.
Teria lagos, países e ilhas em que pensar,
Onde, ao mesmo tempo, viveria com jeito
Em vez de a sua cidade amar
E também o seu reino estreito.
Você se diria: corações e caras ele tem.
Se eu os encontrasse,
Toda a minha dificuldade e a tentativa de ser forte
Se deitariam diante deles
Como o leão aos pés de Daniel.
Somente céus, paisagens também
Perdidos antes da vasta morte!
Eu escrevo isto, penso aquilo,
Mas eu poderia ainda fazer outra coisa.
Não seja demasiadamente inteligente.
Pois você veria que solidão em tudo!
Saber da indiferença da gente,
Saber o que eles querem atingir,
E deles, a corrida de fraca ambição,
E o que podem fornecer a mais,
E a destreza a fingir,
E a superior incompreensão,
E que eles são todos, e você mesmo,
O fruto de um erro da natureza,
Das primeiras nebulosas do mundo;
Que eles são, dentre os suaves vegetais
E a tenra raça animal,
Um monstro que só faz o mal
E que crê na certeza
De descobrir o motivo profundo,
E morre demasiadamente cedo.

Não seja demasiadamente inteligente
Pois você verá que morosidade!
Já que uma engrenagem o contém,
Apesar do erro certo,
É preciso aproveitar a idade que tem,
Da juventude, a atividade
E as esperanças de um coração aberto.
Você não pode se dizer "Para quê?",
Pois se a mais modesta estrela
Dissesse "Para quê?" ao céu,
E parasse de gravitar de uma vez,
Não haveria mais nada do que se fez.
Haveria o grande caos nesse céu.
Não seja demasiadamente inteligente.
Guarde o lugar que lhe coube.
E o seu dever,
E os seus entusiasmos,
Acredite no seu desempenho.
Suporte, como o Atlas,
A terra nos ombros, com empenho.
E se para criar você é capacitado,
Não se torne um espectador, nem de perto,
Carregue para todos os campos e ruas
O seu depósito secreto e sagrado,
Com a fé do missionário
Que tratam com dureza
Nas terras dos Papuas.
Sobretudo, sobretudo, seja indulgente,
No limiar da desaprovação, tenha calma!
Nunca se sabe das razões,
Nem do envelope interior da alma,
Nem do que houve nos casebres e casarões,
Sob o teto e sobre o leito,
Entre a sua gente.

Ô, criança amada,
Há o prazer e o estudo.
E as planícies boas para plantar
E o riso da higidez.
Não corra nunca em torno do próprio peito.
Já que o homem se compraz, de ordinário,
Entre um nada e um nada
E não crê, e se resigna,
Para que adianta respirar
A inquietação do sisudo
E as influências celestes, e, presto,
Se perguntar se a atitude é digna?

Aproveite, então, todo o resto!

Primeira visita ao Potomak

– Céus! Argemone! – exclamei. – Você arrumou o meu quarto!

– Eu – respondeu satisfeita Argemone – coloquei em ordem sua papelada e retirei os Verlaine do piano, que a gente não podia mais abrir e que não servia para nada. Valeria mais a pena devolvê-lo à Pleyel.

– Argemone – suspirei –, um quarto sem piano parece uma pessoa muda, enferma. Um quarto com um piano, até silencioso, parece uma pessoa que se cala. Você destruiu o charme deste quarto. Se Hugo lhe tivesse confiado sua obra inédita, provavelmente você lhe teria devolvido o dicionário Larousse, pois, pense nisso, Argemone, uma obra-prima da literatura é sempre um dicionário em desordem.

Onde estão os meus livros? Onde estão os meus Verlaine?

ARGEMONE: No lugar de Musset. Eu peguei Musset para a minha biblioteca. Eu admiro Musset, eu!

NÓS: Você é injusta, Argemone. Eu desprezei Musset na idade ingrata. Volto sempre a ele. As suas pequenas peças em verso me embalam, e eu até me repito com frequência, dez vezes em seguida:

> De repente, fez-se o mais profundo silêncio
> Quando Georgina Smolden se levantou para cantar

Argemone, levantando-se, então, como Georgina Smolden, declamou:

> Quando o pelicano, cansado de uma longa viagem,
> Encontra, à noite, o seu campo devastado pelo trovão...

E, aborrecida, com uma mão sobre os olhos, queixou-se de nunca se lembrar do resto.

> Suas asas de gigante o impediam de andar.

Concluí. Depois, interrompendo a discussão:

– Argemone, prepare-se; vou levá-la para ver o Potomak.

– Tudo agora é esse seu Potomak – disse Argemone. Primeiramente, por que esse nome de rio?

– O meu Potomak termina com um k (exija o K). E depois, você me perguntará por que Cambacérès tinha um nome de rua? O rio que deságua, se não me engano, na baía de Chesapeake, deve seu nome a este Megaptero Celenterado.

Ele não era da Arca. A tripulação o tomava por uma madrépora. Ele nadava, boiava, Argemone. Ele sonha com fenômenos do infinito, cuja imagem é a sua gelatina.

Ele apronta pequenas farsas para o seu guardião. Mimam-no no aquário.

ARGEMONE: Onde fica o seu aquário dos monstros?

NÓS: Mas, cara Argemone, na praça da Madeleine.

ARGEMONE: Todo mundo saberia.

NÓS: Pelo homem, desde que um prodígio escapa ao domínio do irreal, ele cessa de ser um prodígio. Havia doze espectadores no primeiro voo de Farman, e se nós lêssemos nos muros que um bando de Centauros galopa no Jardin de Plantes, não iríamos. Ou então, iríamos uma semana depois de ter lido o cartaz.

ARGEMONE: Há muito público no seu aquário? Que vestido devo usar?

NÓS: Fique com este vestido mesmo, Argemone. O meu aquário não atrai público algum. Eu sou o único fiel, junto com um rico americano.

★

Alimentado de mandrágoras e balões, o Potomak cochilava no seu boião.

– Eu não gosto do seu Potomak – disse Argemone.

– Estava previsto – respondi.

O Potomak bebeu uma golada de óleo e suspirou.

O rico americano lhe lançou luvas brancas e erros de ortografia.

– Este aquário seco não me diz nada que valha a pena – repetia Argemone.

Sua insistência me irritou.

O Potomak levantava ao céu um olho afogado em prismas, e suas grandes orelhas rosas, em forma de búzios marinhos, escutavam o murmúrio infinito de um oceano interior. (*Bravo.*)

NÓS: Ah! Colar a sua orelha nesta fria carne mole e surpreender o fluxo e o refluxo das ondas antediluvianas, o silêncio dos meteoros.

ARGEMONE: Como você é sujo!

O Potomak me fascinava cada vez mais. Minha inquietação recebia dele uma resposta. Uma onda ia, vinha, entre nós. "Filhote, filhote", gritou o guardião. O Potomak desdobrou suas patas. Ele sorria. Provavelmente, estava sensível.

– Partamos – disse Argemone, que me puxava pelo casaco. São sete horas.

Acabavam de acender lâmpadas a arco e tubos de mercúrio. O Potomak se impregnava de fosforescência. Vislumbrava-se a massa mais escura das vísceras e a mancha quase preta das luvas que ele tinha comido. O guardião Alfred tocava uma pequena flauta hidráulica.

Nós nos afastamos.

Eu olhei rapidamente, de passagem, o Opoponax hexápode que conta seis pés e se engana,

a Faringe que iula,

a Cadência que saltita sobre o seu abdômen,

o Aratório de carcaça vermelha, encalhado em terra inculta,

e

o Orfeão que devora gerânios.

Fazia uma temperatura de estufa. *O frescor do bulevar da Madeleine nos segurava.*

– A gente respira! – exclamou minha companheira. Nunca mais irei ao seu porão.

– Então, irei sozinho – suspirei. Eu sei bem que é impossível que uma empreitada desse gênero tenha êxito.

– Pois bem! – ela terminou com irritação. A gente tem razão. Esse porão é insalubre. Corre-se o risco de pegar um resfriado ali. O seu Potomak me dá medo e eu prefiro a cabeça de vitelo. São, como os seus Eugenes, imaginações. Quanto a mim, sou normal. Não compreendo nada de tudo isso e não quero compreender. É um princípio. Eu me recuso. (Ela esperneava.)

– Sim – continuei –, o Potomak me transtorna. Que reflexos formam entre eles seu sono e suas vigílias? Com o que ele sonha? Minha vida confusa e a coerência dos meus sonhos me aparentam a esse Potomak. Um mesmo fluido nos atravessa. Eu ando no que se chama crepúsculo. Continuo a viver nos meus sonhos e a sonhar no meu mecanismo diurno. Algumas vezes, posso parecer distraído por não responder a sinais ou por não ser o único prevenido, como acontece nos sonhos.

Eu me deito como quando se pega um livro. Deito-me, algumas vezes, dez minutos, uma hora, completamente vestido sob os meus lençóis. Assim, prolongo e retardo a minha corrida, pois a vida do sonho abre a caixa das dimensões humanas.

Você me viu, Argemone, frequentemente, sair do meu quarto com a cara ainda embrulhada. Pascal não se perguntava se o sonho acrescenta à experiência? Ocorre-me de acreditar nisso. Sonhos me dirigem e eu dirijo meus sonhos. Muitos espetáculos da vigília, eu os anoto sem método, como se recolheriam fragmentos de vidrilho multicor para que o sono os coordene e os gire no fundo de um caleidoscópio tenebroso. Julgam-me frívolo, instável, versátil, egoísta: eu sonho. E não, compreenda-me bem, Argemone, não estes sonhos de Murger em que o adormecido se casa com uma princesa chinesa. *Eu continuo.*

Paisagem
túnel
paisagem
túnel
túnel com olhos azuis.

Minha realidade se parece tanto com meu sonho que, acreditando estar em um cômodo, ocorre-me de encontrar-me em outro. Alguns dos meus sonhos desagradáveis se parecem tanto com a minha realidade que eu considero, infelizmente, nula, para me tirar dali, a esperança de que eles possam ser apenas um sonho.

Eu li relatos de sonho. Pessoas mortas ou familiares têm, neles, papéis absurdos que a memória alimenta. No interior, o estômago, e um barulho no exterior desenvolvem o seu labirinto. Eles são o verme de um falso cadáver. Eles não decorrem da minha letargia lúcida. Eu os estimo tão incomparáveis aos meus como um fenômeno de daltonismo à interpretação de um pintor.

Argemone, quando eu saía dos meus devaneios, você me recebia sempre mal. Eu não trazia nenhuma notícia da Bolsa e ignorava o nome dos ministros. Estou errado. Eu sei. Para acreditar ser uma peça da engrenagem de um erro comum, não precisa mais que assumir o seu papel. O do Potomak é de ser o Potomak, o meu, de viajar, de aprender, de subir em um aeroplano, de inventar uma dinamite. Você se zanga porque eu a interrogo sobre os seus mistérios de infância e a informo sobre os meus.

Argemone, você pisava quatro vezes em uma ranhura do passeio?

Você passava, Argemone, à direita de alguns postes e à esquerda de algumas árvores?

Você retornava dez vezes, Argemone, para tocar uma maçaneta até que sua palma ficasse satisfeita?

Você reestabelecia, para aliviar o incômodo dos ombros, equilíbrios imaginários com caretas, as quais você tinha vergonha que a empregada surpreendesse?

Argemone, eu via os dias coloridos e parei de vê-los assim com doze anos. Até os sete, Argemone, eu acreditava ter vivido na China.

Você me repreendia pelos meus nervos e por minha literatura. Sua boa-fé era flagrante, mas eu lhe fazia a suprema gentileza de acreditar na sua má-fé.

Ô, doce Argemone, os mais apaixonados entram em conflito.

Uma noite, em Pádua (era em um banco da beira do rio), eu vi dois amantes trocarem suas carícias. A temperatura estava agradável e os menores suspiros, atravessando a suavidade da atmosfera, chegavam até mim.

Poderei esquecer seus risos
quando seus cotovelos e seus joelhos
desajeitados
se esbarravam uns nos outros?

Nós ficamos particularmente estanques.

Argemone, você tem medo da morte. Uma apendicite, outrora, a converteu. Você vai à missa e não pensa mais nisso, dada a esmola ao sem-pernas. Você tem muita pena desse mutilado e se diz:

– Como se queixar quando se tem pernas?

– Cada um com sua sina, Argemone. Eu, em certas horas, estimo que a morte é a única certeza que não traz nenhuma paz; em outras, que ela é uma recompensa, a rainha das surpresas daqui debaixo; em outras... Mas, mais adiante, a você, será falado da morte. Argemone, eu poderia encontrar uma consolação (egoísta) no espetáculo do seu sem-pernas, mas o seu desejo por pernas me dá, a mim que as tenho, um desejo de asas.

– Tenho sono – disse Argemone. Eu gostaria de não sonhar com o seu Potomak. Tenho sonhado muito ultimamente. Provavelmente, por má digestão. Você sonha, meu caro amigo?

– Não – respondi –, pois tenho boa digestão e sinto-me maravilhosamente bem.

Naquela noite, não fomos mais adiante.

Ariane

Eu reclamo por equilíbrio neste volume, um equilíbrio sucessivamente momentâneo da frase e da palavra.

O acrobata, em suma, e embaixo o vazio.

Se nada perturba ____________ , e sob o pé depois do pé, a corda, em direção à outra parede __________ chega-se.

Há sempre no vazio uma corda esticada.

A destreza consiste em andar, como sobre ovos, sobre a morte.

Uma palavra d'escrita: um passo tirado da queda
uma pequena espuma,
uma pequena multidão,
um pequeno murmúrio.

Não somos mais leves por estarmos no ar.

Cibele envia longe, como um fruto o seu frescor em torno do pericarpo, uma ordem para o fugitivo voltar para casa.

Eu quero caminhar livre entre os braços abertos do mundo,
acima
das mudas sereias da vertigem.

– Eu gosto das grandes odes – me interrompeu Argemone –, gosto das mobilizações e dos romances. O seu livro a conta-gotas me entedia.

Argemone, eu não gosto das metáforas, mas, para acompanhá-la e por educação, oponho a seu conta-gotas o *vacuum-cleaner.*

Eis o meu conta-gotas.

Um livro "pelo vácuo".

Eu bombeio, decanto, isolo.

Você sabe o peso oculto e belo do que poderia ter sido e do que se subtrai?

A margem e a entrelinha, Argemone, aí circula um mel de sacrifício.

Sim, para você, eu sei, conto, infelizmente – e eu a aprovo – o número de tomos. Uma obra é uma organização social. Você não imagina Booz sozinho na rua adormecido; e o trocadilho Jérimadeth se encosta em *A lenda dos séculos*.

Aliás, o que fazer? Deus, tendo criado o homem à sua imagem, quanto mais estamos perto de nós mesmos, mais nos aproximamos Dele. Tentado por Deus como outros pelo diabo, aperto-me a mim mesmo com todas as minhas forças.

É o meu livro, Argemone.

Sou eu exteriorizado.

Eu elimino.

E saiba: se tal frase, ou tal palavra de tal frase, de mim se afasta, eu conheço o estupor daquele que veria no espelho sua imagem independente abrir a boca que ele mantém fechada.

Sem dúvida, minha epiderme invejava outros destinos. Sófocles jovem dançando totalmente nu em Atenas depois da vitória de Salamina, e Sófocles velho, de quem depõe a favor Antígona, eis as probabilidades que afligem. Infelizmente, eu ignorava as missões profundas, a geotermia do coração.

Ave César! Eu me inclino. A gente não comanda.

Eu poderia ter feito *La Marseillaise* ou *Plaisir d'Amour;* escrevo este livro.

Uma noite, no teatro, tocava-se uma nova obra-prima. Assobiavam, riam, miavam, latiam. Ah! Como invejei esse mártir! Eu invejei, temi esse mártir. Tive vergonha de me sentir indigno.

Em mim, a graça esperava como um ovo de arcanjo.

Argemone, você me pede, às vezes, concessões. É melhor empurrar o acrobata, cortar a sua corda.

Nenhum passo do meu equilíbrio é mutável.

Antolhos estreitos me escondem o resto.

Assim, homens emocionados levantam a cabeça?

Prudência da rede, eu a desprezo.

Existe, Argemone, um sistema universal das ondas. Um posto sempre registra o desabrochamento circular delas, no centro do qual uma palavra, um gesto, um sorriso afunda como um seixo.

Argemone, onde começa a concessão cessa a estima e a opulência das ondas. Nenhum aparelho as decifra mais. A cabra morde e o repolho envenena. Fica-se só e miserável. Mas, sabendo o que se deve dizer e se esforçando para melhor aliviar a sua inteligência, então a noite se organiza. E cada um traz o seu lampião.

Você me pergunta a razão pela qual as minhas curiosidades ao Potomak se limitam?

Primeiramente, preguiçosamente aborígine, um espetáculo emocionante, eu o prefiro à minha porta.

"Eu conheci a melancolia dos grandes navios."

Na África, eu suspirava depois da praça da Concorde.

Eu tive malária, encontros nos parques à beira do lago Maior.

Pois bem, eu prefiro a casa de Chénier.

Nós iremos ao *faubourg* Saint-Denis; era a sua gaiola. (Perto das *Brioches de la Lune.*)

Você verá alguns degraus. No ângulo morto entre a rua de Cléry e a rua Beauregard, uma pequena proa a aborda.

É uma modesta esfinge alimentada com brioches.

Este mercúrio do termômetro quebrado, meu dedo o dispersa e olho sua família vagabunda. Mas a unidade já se refaz. Os pintinhos loucos desaparecem debaixo da grande galinha, sob a grande bola de azougue.

De família burguesa, eu sou um monstro burguês.

Eu constato a coisa e ela mesma me obriga a uma solidão deferente.

A boemia, Argemone, infelizmente, atolo-me nela.

Contra um brasão, eu me machuco.

E retorno ao Potomak.

E os Eugenes me invadem.

E eu escrevo este livro.

Argemone, há um mito de que gosto: Teseu no Labirinto.

Ele passeia com o Minotauro. O Minotauro lhe demonstra as vantagens do seu apartamento. Um monstro lindo, acrescenta este príncipe original, deve esperá-lo na entrada do seu: você tem um fio com você.

A morte

Persicairo, a janela aberta sobre setembro, considerava, em pé, a sua tina.

– Bom dia – eu disse –, Persicairo. Não me pergunte como eu dormi. Venho de um terrível despertar. Eu sonhava com a morte. Ela estava, para mim, próxima.

Eu estava com Argemone e havia assassinos aos nossos calcanhares. Enfim, nós nos salvamos, ou melhor, o pesadelo cedendo lugar a uma semiconsciência, eu me felicitei por estar livre.

Persicairo, então, é depois desse salvamento de uma morte postiça, que a gente encontra outra,

a verdadeira,

sentada, nos esperando.

É isso o que nos reconforta com o sol matinal, alegremente, o choque à direita e à esquerda das persianas e as geleias sobre a bandeja?

– Nós temos – respondeu Persicairo – férias de alguns anos do nada. Sofra, que eu me aproveito. Por que dever de férias? Sempre será o momento de retomar o meu uniforme de Nada. Eu não detesto (ele se olhava totalmente nu no espelho) o meu terno fantasia.

– Persicairo, você sabe o que eu como de manhã.

– O que você come de manhã?

– Cacau e um mal-estar mortal.

Eu possuía, quando garoto, Persicairo, um poético objeto de bazar. Era, cativa em uma bola de vidro azul,

Moscou.

Dentro, um jovem mantinha na trela um aeróstato no crepúsculo. Balance Moscou, a neve cai.

Nossa barulheira se esbarra na casca. Uma solidão silenciosa reina no coração do fruto transparente.

Por ter gostado demais desse brinquedinho, muito tempo, em favor do sonho, assim, em um clima análogo e como no interior de uma bolha, eu reencontrei duas imagens da morte. Era um melodrama alternativo. Steerforth, você sabe, de *David Copperfield* e a criança russa de *Grandeza e servidão.*

Ah! Steerforth com os cachos molhados! Como eu olhava desaparecer, reaparecer, encantador e terrível Steerforth, entre duas ondas, mal apoiado nos destroços e com o seu gorro vermelho na mão, Steerforth, no meio de uma espuma lenta, que eu via sem ouvir o sino, e sobre a areia chorando por não poder nadar para ajudá-lo, você me anunciava com seu último gesto fanfarrão todos esses heróis desmoralizadores que influenciam a juventude.

Oh! Steerforth! Steerforth devorado!

– Deixe Steerforth – exclamou Persicairo. Ele enche, ele enche!

A sua bolha onde,
pequena, convexa,
ao avesso,
a janela se espreguiça,
vai deixar, eu o previno, o cachimbo.

Você assopra demais; a bolha vira balão e, de resto, esse Dickens, anunciando com cem páginas uma obra-prima, decepcionou-me; eu guardo rancor por isso.

– Persicairo, eu lhe cito a minha infância. Nenhuma escolha entre os afogamentos. Eu não suspeitava nem de Shelley nem de Gesryl, nem do telegrafista do *Titanic* nem mesmo deste epitáfio de Alceu da Messênia, no qual eu me deleito em reuni-los:

Como a morte dos jovens é lamentável! E o mar está, sobretudo por eles, cheio de luto e de funeral.

– Nós poderíamos citar toda a antologia grega – interrompeu, secando-se –, Persicairo. Sua conversa me desconcerta.

Onde estamos? Eis-me, como Golaud, *perdido também.*

Dê-me sua mão.

Eu lhe dei a mão. Nós caminhamos ao contrário, ao longo das frases pronunciadas.

Não estávamos tão longe, pois da copa escura das árvores, nós vimos, no final, tomando seu banho ao sol, Persicairo.

Perto de uma toalha felpuda, sobre uma cadeira, nós me reconhecemos. Eu estava pálido e falava em morrer.

Então, nós nos assentamos os quatro até o minuto em que, tendo-nos juntado,

nós nos encontramos como dois.

A janela estava aberta sobre setembro.

A planície era vasta,

vislumbrava-se em torno de si a terra fugiente e redonda.

– Ah! – suspirei – Esses mal-estares! De qual terrível diálogo eles devem ser o eco. A alma queria partir; o corpo se insurge. O que nos chega disso, como de uma fala, de rocha em rocha, a última sílaba, isso consterna. Oh! Nem trágico (a ideia de que será preciso morrer) nem sublime nem grave, mas cara a cara, impressionante,

um pouco ridículo

e prodigiosamente desagradável.

Você conhece a noite de domingo do interno e do soldado?

Então, e sem lirismo, a gente se surpreende. Esse termo que nunca tem fim, sua própria vida além dos naufrágios, dos suicídios e das febres tifoides, despreza as circunstâncias.

Penso nisso e, não tendo chegado aí, o considero.

Chegarei.

Poderei lembrar-me dessa hora em que penso nisso.

Eu o despojo do seu prestígio negro.

(Em um vagão, Frângula e eu jogamos carta; era para nos desentediarmos. Não gostávamos de baralho, mas tomamos gosto pela nossa partida. Teríamos gostado muito que a estação recuasse e não ousávamos mais olhar nossas malas.)

Persicairo, eles podem, nós podemos tomar banho, colher flores, fumar cigarros, ler os poetas e nos comprazermos com isso sabendo que a terra gira, tão oval, e qual sistema nos retém em cima, com a cabeça para baixo.

Quando rires de correr sobre a relva da terra,
Em pleno sol de abril,
E de cair sem te fazeres mal,
Pensa que, sob a tua massa estreita,
Há terra,
E mais terra,
Em linha direita,

E rocha e mineral,
E lava,
E incandescências,
E o fogo central.
Pensa, continuando a descida,
Que há ainda fogo e mais elemento quente,
E lava ardida,
E rocha e mineral,
E terra,
E mais terra, e, sucessivamente,
Terra onde o ar erra,
E gazão,
E noite durante uma estação,
E uma mulher que dorme na Nova Zelândia.
Com o abismo embaixo dela,
Embaixo do seu telhado.
E pensa que para ela e para ti tudo é bem assemelhado.

Persicairo, é um exagero: um cartucho de dinamite no traseiro e o pavio diminuindo, os negros dançam.

Uma noite, eu voltava da Suíça. Minha mãe dormia no vagão-leito. O farmacêutico me tinha enviado por engano, em vez de pó de papoula, uma caixinha com cocaína. A dose poderia ter matado um boi; ela me salvou como um excesso de amperes impede a eletrocussão. Mas eu poderia esquecer os meus sintomas?

As veias que se congelam,

a circulação desconcertada,

uma zona inerte que entiva os membros,

o coração que se debate, que tenta fugir, bate no peito e se ancilosa.

Uma pera da angústia na garganta.

Uma pasta amarga na língua rígida.

Os dentes de um outro.

E este barulho de relva no crepúsculo, quando se acredita que as estrelas conversam.

Persicairo, a gente se espanta de ser tão corajoso, e tão covarde, e tão semelhante, nesse minuto. O estupor que seja prevalece sobre o resto. Ele se parece com a volúpia.

Assim, conta *Le Banquet des sophistes*, depois de ter imaginado Helena por intermédio das rapsódias, ficava-se vendo-a, "divinamente decepcionado". Eu me repetia: é Ela.

É a Repentina,

a Famosa,

a Misteriosa.

Ali, em suma, eu só descobria um menisco antes que o copo transbordasse, um estado que sucede a outros estados, um fenômeno na sequência dos fenômenos, uma onda depois das ondas.

Voltei a mim no meu quarto. "Você nunca conhecerá melhor a morte", disse-me o doutor. "Um milagre o ressuscita."

E eu julguei o doutor ingênuo.

Depois desse dia, contemplei a morte de um colega. Nós estávamos à cabeceira de Acante. Eu olhava o seu rosto com a pobre careta daqueles que nos acompanham até o corredor das cabines.

Levantava-se a âncora.

Acante se revestia pouco a pouco de morte, como um navegador de sal e de sombra.

Sentindo vã, infelizmente, a nossa ternura, ele lutava sozinho contra o anjo pesado que, sobre aqueles que vão morrer, se deita de bruços. Ele não ousava descerrar os lábios; parecia temer que, para escapar, a vida se aproveitasse da ocasião.

Meu corpo, tudo o que (meus olhos, minhas mãos, meus joelhos) de mim deve dissolver-se, chorando, torcendo-se, ajoelhando-se, tinha pena do seu irmão material. Mas a alma ainda cativa, Persicairo, a alma invejava a sua irmã.

–Você está sofrendo? – perguntei-lhe.

– Não, não estou sofrendo – ele me respondeu – *mas é atroz.*

Uma resposta como essa, medita-se sobre ela.

Sim, morrer não se assemelha a nada. Esse mal entre os males, que o prefere debilitado, nenhum atavismo lhe ensina. Provavelmente, vencê-lo seria tão simples como o touro desprezar a capa. Mas nunca um animal sai da arena, e nunca o segredo do vermelho se divulga.

Não, morrer não se aparenta a nada e nem mesmo àquilo de que você morre. A morte é a morte.

Os círculos da sua queda, sombra interna do seu voo, talvez advertissem sobre a sua aparição. Mas não interroga aquele que está morrendo.

Nada dela o toca.

De repente, o seu bico no cerebelo se planta.

E pronto.

Eli! Eli! Lamma sabactani!

★

Persicairo, sorrindo, acionou o gramofone.

Então, nós ouvimos:

Não diga, minha pobre criança:
Eu canto o orgulho de ainda ser moço
E a amargura da morte.
Diga-se antes e sem medo:
Há a sala de jantar onde é servido o almoço.

Coisas que se permitem e coisa que não se alcança,
O prazer de se levantar cedo
E de ouvir os ruídos do campo, o galo potente.
O alto-mar onde o barco em seu enredo
Se imanta rumo ao continente.
Há a paz e a batalha,
As flores, o trigo crescente;
Há os troncos, o cigarro de palha;
Há Bach, Pascal e Dante,
E Cézanne e artistas tantos;
Há o amor que provoca prantos
E torna rostos tão suaves.
Há o frenesi fulgurante
De entender tudo em todos os recantos;
Há os cantos das aves;
E os cantos gregorianos;
E também, quando se crê na sorte
De nada mais haver em outros planos,
Ainda há a morte.

Ele mudou de disco. Outras letras escaparam da caixa na qual eu acreditei reconhecer minha voz:

Quando vires um amigo da tua idade morrer
E do seu semblante
O rubor desvanecer,
Já tudo vestido de nada,
Inveja-o como um viajante
Que uma interminável célebre viagem vai fazer
Após os gestos da última hora,
E o peso que jamais finda
Da inércia da morte,
Espera conhecer ainda,
Sem desvio,
Como espera aquele que demora,

No cais,
Após a partida do navio,
Estes portos mundo afora,
Esta partida sem barco, sem água de mar ou de rio,
Este peso do corpo do qual a alma se desafora.

Nós nos calamos.

Uma vaca arrancava a grama... Um esquimó caçava a morsa... Sob a grande lua dormiam, em sua rede, as damas da Flórida... Nasciam homens... Entre a terra e nada continuava o infinito.

Que silêncio!

Não ousávamos interrompê-lo.

– Persicairo – perguntei timidamente –, os seus discos de gramofone que acabamos de escutar se encontram no comércio?

– Infelizmente – respondeu Persicairo –, encontram-se, sim. Mas, fique tranquilo, pouca gente os compra.

Ele acabava de acionar outro, sob a agulha.

Desde o dia em que você nasceu
Sua alma não é mais do seu corpo, não
Não mais do que o fogo é do fogaréu,
Do que o arpejo e a afinação
São do piano,
Do que a água é do odre...
Ela é um pouco de um elemento,
De um elemento invisível e celeste,
Como um pouco de lago,
Longe do lago, no fundo de um odre,
E que pressiona seu limite torto.
Escute-me, quando estiver morto,
Do corpo que fica, do qual se desveste,
Sua alma foge e volta ao elemento divino,

Ao belo oceano de mistério, não erra,
Como a água à água e o fogo ao fogo,
E o som ao som e a terra à terra.

Não, Persicairo "não é mais minha".

A alma é um gás que escapa ao eudiômetro.

Nós temos todos a mesma alma, ou melhor, da mesma alma.

Deus fragmentário.

Assim a água do lago distribuída em garrafas retorna à água do lago. Não nos esqueçamos dos animais, eu lhe rogo. (Uma única essência anima uma máquina simples e uma máquina complexa. Nós abusamos, para os nossos aperfeiçoamentos, da sua força motriz.) Eles pastam, correm e dormem. O corpo é um parasita da alma. Em dose maior ou menor, mas cada um hospeda Deus.

Cuide da sua casa, pois após a sua partida ela será reduzida a cinzas.

Um pouco de osso, um pouco de lama,

e vá, então, pedir à água para se lembrar das garrafas.

Infelizmente, Persicairo, a propósito de Acante, eu lhe disse, a alma invejava a sua irmã, a alma *alhures* se invejava, mas nada mais existirá de tudo o que se surpreende de ser eu. Pouco me importa uma eternidade inconsciente do que foram meus livros, minha terra tão bela e minha tristeza.

– Mesmo assim – exclamou Persicairo –, ignoramos o que fomos, o que seremos, ignoramos, mas constatamos que existimos. Entre duas portas, é um corredor que vale a pena.

– Pense – continuei – no milagre de Lázaro. Jesus, pegando água no oceano divino, duas vezes encheu uma mesma jarra. Uma jarra não completamente fora de uso.

Sem dúvida, era Lázaro de novo. Ele tinha lembranças de Lázaro, a casa suja, Maria repreendida pela sua preguiça, Marta e suas recompensas domésticas; mas, entre essas duas operações,

um parêntese de vazio.

A alma não desempenhava menos o seu papel unânime.

Partir... Sempre... A gente se revolta.

Disciplinado desde a infância a ver o meu relógio desaparecido reaparecer no chapéu do prestidigitador, nada me acostuma a uma escamoteação definitiva.

A gente ia, olhava, ouvia, engolia. O mundo em nós penetrava como água. Mas imagine o respeitoso pavor. Ô estupor...

Somente a morte interessa à morte.

Segunda visita ao Potomak

– Você sabe da novidade? – pergunta Alfred, todo engraçado.

– Não. Eu nunca consulto o jornal e, de resto, eu não acredito que ele se importe com nosso porão.

Ele me interrompeu:

– Muita gente veio, muita gente. Uma comitiva de sábios: o doutor Pink, o doutor Jubol, o doutor Richard Strauss, o senhor Hydragire do Collège de France, e até mesmo uma duquesa.

– Uma duquesa?! – exclamei. Alfred, uma duquesa para o nosso Potomak!

– O Potomak! O Potomak! Eles desprezaram o Potomak. Tratava-se de ensinar a Faringe a falar.

– Não?

– Você vai ouvi-la.

Nós não estávamos ainda na jaula do Potomak e ouvimos a Faringe que se esforçava.

– É preciso que ela se aplique, disse Alferd, ela tem muita dificuldade.

Lá, a Faringe resmungava, assoprava, iulava. Enfim, com uma voz pura e curta e que, às vezes, afundava até o veludo preto, ela recitava separando as sílabas:

Odília sonha à beira da ilha
Quando um crocodilo ali se faz.
Surge o medo de crocodília
E para evitar um "Aqui jaz",
O crocodilo abocanha Odília.
Caï conta essa narrativa,
Mas talvez seja uma ficção,
Talvez Odília esteja viva,
Não ponho no fogo, por Caï, mão.
E Aligue, de quem Odília era amiga,
Para espalhar essa história de horror
Se agita, dramatiza e intriga.
Não acho certo, nem se fosse Aligue ator.

– Bravo – suspirei. – De quem é esse poema?

Alfred baixou os olhos.

–Você tem outros? – perguntei polidamente.

– O VALOR DE UMA PLAQUETA.

Eu pisquei o olho, dando-lhe um empurrão:

– Sobre o nosso Potomak?

– Oh! Na verdade, não – disse-me ele. São PEQUENAS MÁQUINAS "MUITO PÚBLICO".

Eu desemboquei em um mercado de flores. O sol de abril, atravessando cortinas de andrinópola, coloria os tufos doentes. Eu ia sair desse vestíbulo perfumado quando entrevi o americano. Ele deixava colocar uma rosa em sua botoeira. Pagou e se dirigiu ao orifício do aquário. Ele carregava uma bola de futebol. "Oh! Oh!" – pensei. "Uma guloseima! Alfred vai fazer uma cena."

Vagabundagem

– Persicairo, como o seu pulôver azul sujou, de repente, o céu!

Um miosótis nunca estraga o céu.

– Porque – respondeu Persicairo – meu pulôver é de um azul mais escuro que o azul do céu.

– Não, Persicairo, não é mais escuro que o céu seu pulôver e nadinha mais escuro. O céu é sempre o mais escuro.

Minha criança, veja o azul do céu,
O belo e essencial azul do céu,
Como ele é escuro!
Que esse azul, todo esse azul luminoso
Não o faça sorrir demais,
Pois são flores sobre um fúnebre cetim;
Sobre o compacto, secreto nada,
Onde coisa alguma não acaba jamais,
Onde há planetas célebres, sim,
E outros desconhecidos planetas
Apesar dos compassos e das lunetas.
Não esqueçamos nunca, criança amada,
Que trevas são trevas, enfim,
Sempre foram e serão,
Mesmo quando o sol,

O belo sol do verão,
Brinca de a sua superfície iluminar
Como a superfície do mar.

Nem mesmo um abismo. Um abismo é uma cuba de nada. Lá, nem cuba, nem nada. Nada além de nada: o hálito de Deus.

Ô, Persicairo! Que triste erro biológico – a que hora de qual idade e onde,

(O ictiossauro, ocioso, passeava de um lado para outro.

Ele se fazia e se desfazia das ilhas.

E que sol!

A planta pasta. Uma árvore quer morder e o animal floresce.

Será preciso colocar um pouco de ordem.

Mas pouco a pouco essas coisas se ajeitam.

A terra, por séculos, se enrola em bola.)

onde e em qual idade e a que hora, ô Persicairo, uma tão grave confusão?

Alguma coisa que começa a compreender que é alguma coisa e para se tornar outra coisa.

Progresso. Inteligência.

Dentro de uma casa, de repente, um objeto se põe a acreditar que ele é o proprietário e que, com esforço, ele se tornará um objeto mais bonito e mais precioso.

E lentamente o erro engrossa.

Casamentos.

Incestos.

Não se tem ainda nem muito ouvido para a música nem muitos olhos para as cores, nem muita ciência

nem muito talento.

Não há nem aeroplanos nem grande temporada na Ópera;

mas com um pouco de paciência
isso acontecerá.
E entre os animais, fêmeas e machos,
sem patas e com longos pescoços,
que injustiça! De repente
esse excepcional animal.
Eu me resigno, mas constato.
Não se gosta de ser trouxa.
Olhe-os na rua e no teatro;

É preciso vê-los, tão orgulhosos de andar sobre as patas de trás e de vestir calças e saias.

Persicairo, *o homem faz o belo.*

E o erro, ele o empesteia: nas suas invenções, nas suas forças, nas suas fragilidades, nos seus tateares, nos seus retornos, em tudo o que ele arquiteta e em tudo o que ele desagrega.

Recolocar um pouco de ordem.

"Minha filha, recoloque um pouco de ordem."

E para ajudar no decrescimento do progresso, fazer pastar de quatro sua progenitura.

Um tema inglês, uma multiplicação, um pouco de ginástica,

(é preciso viver)

e, rapidamente, de quatro.

Repouso dos órgãos que, por uma satisfação de palhaço, pendem lamentavelmente.

"A sua orelhinha, oh!", murmurava Alep, "como eu a acho encantadora!" Mas, beijando-a, ele percebeu a atrofia.

A partir desse dia, Alep pede a Cameline para esconder suas orelhas.

Um, entre todos, dos benefícios da ciência: Axonge tem o direito, em uma manhã – (e por favor, sem dizê-lo a ninguém) –, de inventar uma caixa para captar o raio.

Um temporal o persuade.

Ele capta mal.

Explode o mundo.

O que há de mais simples? Uma mãe dá à luz um monstro; ele a assassina com seus próprios alfinetes de chapéu.

Terceira visita ao Potomak

Nessa noite de domingo, o aquário estava em emoção. O mercúrio iluminava tragicamente Alfred.

Estava quente, úmido.

Eu me lembro dos passeios no Jardim de Aclimatação, com minha empregada. A estufa era um velho crocodilo adormecido.

Desde que apareci, chamados ressoaram.

– Venha rápido, venha rápido – gritava Alfred –, há novidade!

– Algo desagradável?

– Não, não, mas o nosso americano é incorrigível. Sua última guloseima ultrapassa os limites. Ele torna minha tarefa delicada e, agora, desde que ofereço um caule de aloé ao Potomak, ele o recusa, sapateia à direita e à esquerda, cospe seu azeite e fica amuado comigo. Não era um favor a nos prestar.

Para dizer a verdade, o Potomak sorria. "Nossa", resmungava Alfred, "uma caixinha de música americana; uma máquina de pelo menos trinta mil francos, se não é louco!" Com efeito, como entranhas de Bayreuth, subia, atravessando carnes e escamas, amortecida mas sonora com paredes de vidro, com a gravidade que escorre e a bomba limosa, a ênfase ondina do banho de Amfortas.

O Potomak não se sentia incomodado com uma efervescência de notas que se apressam como glóbulos em direção à superfície do Reno. Ele saboreava esses borborigmos de catedral e de aquário.

– Há muito tempo que a caixinha funciona?

– Dois dias – respondeu Alfred –, ele não a digere. *Parsifal* começa. Acabo de ouvir *Siegfried*.

– E qual foi a atitude dele na passagem de Fafner?

– Ele sorriu.

– Eu creio – insinuei – que ele teria tudo a perder seguindo um regime como esse.

O Opoponax contava seus pés, a Cadência saltitava, o Aratório raspava a terra, o Orfeão devorava um gerânio, a Faringe recitava "Odília", e a luz tinha tiques nervosos.

Sentia-se o luxo matando o amor.

Dia seguinte

Eu revi, sozinho, o Potomak. O doce monstro se tinha indolentemente abandonado tão perto da parede que o seu flanco esquerdo e os três quartos de sua cara nela repousavam. O boião espalhava essa carne plana, como um nariz de criança em uma vitrine de brinquedinhos.

Alfred lia.

Ouvia-se modular e iular a Faringe.

– Filhote, filhote! Eu fiz, como se encanta.

O guardião levantou a cabeça:

– Ele digere – disse o guardião –, ele digere um programa dos *Ballets russes*. Ah! Esse senhor de Nova York nos mima. Mas, ele acrescentou, com uma voz retumbante, dedilhando sobre o vidro, não se deveria acostumar.

O Potomak estava acordando. Alfred me cochichou:

– Você tem sorte; eis a hora das fezes dele. Nada é mais gracioso.

Nós nos instalamos face ao boião.

Passaram-se dez minutos.

– Onde é preciso – perguntei – que eu olhe?

Alfred tirou do seu bolso uma cartela e leu:

– Regra do jogo, § 14. –

Quando excreta o Potomak, o piloro, o duodeno, o cólon e o reto descrevem um arco de círculo, do qual o olho seria uma ponta e a outra ponta, o ânus. O Potomak tem um extremo interesse pelas suas dejeções. Ele as espreita, com a pálpebra semifechada, a dez centímetros do orifício pelo qual elas devem sair. Se o Potomak, distraído, olha para outro lugar, ou se ele dorme, o lance não conta e o jogador cede a sua vez.

De repente, de uma prega que eu acreditava ser a garganta, uma bolha se eleva. Uma bolha de sabão, de certo modo, mas mais espessa, irisada como os vidros de escavações. Outra apareceu na sequência, mais outra, mais uma dúzia de bolhas ricas.

O Potomak acompanhava com o olhar seu nascimento frágil e seu percurso.

Seis estouraram ao contato umas com as outras.

Quatro se balançaram, depois, aterrissando, desapareceram após uma série de pequenos saltos.

Uma voou pela claraboia.

– Hein? – fez Alfred, com orgulho.

E, empertigando-se, ele acrescentou:

– Elas escapam à análise.

Utilização impossível

Eu amei. Sofri. Contava, ao menos, poder (segundo Frângula) "me servir disso". Desisto.

Larguei a corda.

Decerto, eu não esperava que este estado de penumbra se prolongasse, mas fizeram eclodir, meio rapidamente, tanta febre e luz quente.

Eu possuo, sobre o amor, notas íntimas. Nenhum esforço poderia conseguir coordená-las e se eu as alinho é para provar bem que o livro está cheio e que nada delas o penetra mais.

Por exemplo.

Nós nos amamos e é um transe.

Tentativa de juntar-se, a dois, ao belo monstro primitivo.

Pequena penetração. Pele contra pele. Látex. Não se distingue o que se faz e o que se desfaz no coração.

★

Não se ver é uma angústia. Uma vertigem de montanhas russas. Ao longo de todo o dia, uma faca mole me corta o coração em dois.

★

Esperar-te! Minuciosa ocupação de esperar-te. Invento o barulho do elevador. Conto até cinquenta, depois até cem, depois até mil, e qualquer outro trabalho me é, por esperar-te, proibido.

★

Amor. Que luxo!

Amor, eu me dedico à tua hipnose.

Tocávamos um quarteto. Encontrei seus olhos. Eles me acariciam as medulas.

Essa troca esgota, não a prolongaríamos. Olhamos alhures.

★

É sempre mais ou menos atroz. Mas com pouco, as pessoas se contentam. Sua segurança se instala onde começa nossa inquietação.

★

Sentimos acidental um tão suave equilíbrio, e nossa angústia, atenta, a fim de que ele dure, impede-nos de apreciar sua paz. De finta em finta, de obstáculo em obstáculo, e nossa maromba tensionada, escondemos nossa cara desordem e nossa prontidão em nos juntarmos.

Apenas algumas vezes, sofrendo por esperar, eu fiz esperar, e apenas algumas vezes eu não encontrei sobre a minha mesa uma carta que ela tinha, por não me tê-la enviado, sofrido.

★

– Eu te olho – dizia ela, seu rosto colado ao meu – e fecho os olhos, te apago e te olho novamente, e de novo te apago e assim por diante.

Com os olhos fechados, eu vejo coisas que não são você (ovelhas, um malabarista, uma patinadora, montanhas) e, contudo, é em você que penso, e só penso em você.

★

Confundir-se.

O cristão come seu Deus. Eu me lembro das primeiras crises do desejo.

Eu ignorava o desejo.

Meu desejo era, na idade em que o sexo não influencia ainda as decisões da carne, não de alcançar, nem de tocar nem de beijar, mas de ser a pessoa eleita.

Que solidão!

Assim, acreditando invejá-las, e me confessando por esse erro, gostei alternadamente de duas garotinhas do parque Monceau e de um colega sueco do ginásio de esportes.

A pequena Martha, eu imitava o seu tique. Empurrar da esquerda para a direita uma trança e encolher os ombros.

– O que você está fazendo? – interrogava minha mãe.

– Nada, mamãe.

E o doutor:

– Uma ducha fria. A Suíça. Tiques nervosos. Não é grave.

Tiques nervosos!

Não é grave!

Eu amava, doutor, eu desejava, sofria, esperava, definhava, com essa sensibilidade nova que, não se formulando, concentra-se, rói como um câncer e determina um futuro.

★

Ela não ousava me tratar informalmente.

Uma noite: "Você gostaria que eu te acompanhasse?" – disse-me ela, com um sorriso, inovando com esse modo belga uma carícia inesperada.

★

O desejo embaralha os traços de um rosto.

Como ele é pálido sobre o travesseiro, o rosto daquela que se ama!

Os dentes cintilam. Joelhos contra joelhos. Sente-se bobo, emudece-se como bichos. Um ao outro se recusa, e é o jogo estafante no qual o amor ajusta suas raízes profundas.

★

... Então, por toda a pele e em um rosto a quilômetros, senti o surdo horror da unilateralidade.

Um rosto que muda é o que há de pior.

Fica-se sozinho sobre a terra.

★

Na janela, um meteoro miando, um casal de gatos soluçantes e pueris estoura, modula, desvanece.

★

Ela tinha sangue americano e nós conhecemos, na época mesma de nosso entendimento, um desentendimento profundo.

★

– Estou triste – dizia ela. Eu me entedio. Preciso dos meus rios. Preciso dos arranha-céus, do milho e dos transatlânticos.

– É o meu mal – respondi com um suspiro –, mal incurável estando na minha casa.

*

I

Se tu amasses, minha pobre criança,
Ah! Se tu amasses!
Não deves temer amar.
É um desastre inefável.
Há um misterioso sistema, enlaces
E leis e influências,
Para que corações possam gravitar
E os astros, de maneira comparável.
Aqui, se estava em confiança
Sem pensar no que se evita,
E depois, de repente, não se suporta mais,
Se está a cada hora do dia, o momento que for,
Como se tu descesses, como quem precipita
De elevador, sem parar:
É o amor.
Não há mais livros, paisagens de agosto,
Desejo de céus da Ásia, fantasia…
Não há mais que um só rosto
Com o qual o coração se anestesia,
E nada ao redor.

II

Se tu temes amar sozinho,
Não lutes contra o amor.
– Primeiro, porque é impossível,

E, depois, porque não é permitido
Subtrair-se aos preceitos profundos,
À ordem que desde sempre persiste.
Pense na docilidade dos mundos,
Na sua epiderme sensível,
Nas geotermias e no efeito por elas produzido,
Na divina resvaladura que entre os planetas existe.
Pense que nossa terra minúscula
E todo o sistema solar
Se hipnotiza no ar
Com um pequeno mundo ignorado
Da constelação de Hércules.
E que esse mundinho gigante
Queima, gravita, circula,
Por outra estrelinha insignificante.

CANÇÃO DE NINAR

É uma hora da manhã. Dorme, minha pequena inocente.

A terra é um velho sol, e a lua, uma terra morta.

Dorme, minha pequena inocente.

Eu não lhe falarei jamais dos Elohim, nem da Cabala, nem de

Moisés nem do segredo dos hierofantes.

Dorme, não vale a pena, um rude sono infantil.

O homem, ele nasceu quando a terra já ia bem mal. Ele nasceu porque a terra ia bem mal. Ele nasceu de um resfriamento planetário.

Dorme.

Toda esta primavera que lhe prepara um despertar no qual os pássaros encrespam suas línguas, você precisa saber que ela é um verme da decrepitude florescente?

Dorme, minha pequena inocente.

O sol se prodiga (e os seus traços não estão formados) com o entusiasmo da adolescência.

E para, um dia, ocupar o seu lugar, nebulosas pueris se condensam.

Dorme. A lua inerte e o seu Alpe inerte e os seus golfos inertes levam para passear, sob os projetores, um cadáver definitivo.

Dorme. O povo dos planetas sensíveis se entrecruza, arrastado no negro melodioso ciclone do nada.

Ver morrer um mundo é para um mundo um grande ferimento impotente.

Dorme, minha pequena inocente.

O fogo se estreita, se enrodilha. A última chama, pelo orifício de um vulcão, escapa – e está acabado.

A terra flamejou com todas as suas forças, mas pouco a pouco,
ela sentiu diminuir o seu fogo.
Uma crosta espessa e fria encerra o fogo.
Ele tenta vencê-la e a fura onde ele pode,
E houve a natureza, em sua superfície que envelhece.

Dorme sobre seu cotovelo, ô minha pequena inocente.

E houve a natureza, houve o homem e o animal, como em um rosto que declina, o halo se resolve, os traços se afirmam e a plácida resignação aparece.

Dorme, eu farei vibrar para você os planetas que a dirigem.
Júpiter pelo B e pelo Ou
Saturno pelo S e pelo Aï
E beijarei seus pés e seus joelhos.

Ô Pentagrama! Ô Serpentina! Sacro estanho de Júpiter! Orquestra eólia dos anéis de Saturno! Geometria incandescente!

Júpiter: lei. Saturno: morte.

Eu olho o seu caro ingênuo perfil que dorme.

Dorme, ô minha pequena inocente.

★

Prefiro não vê-la. Esforço-me. Há pessoas que a gente abandonava e reencontra, projetos, butiques, concertos, circos, cinematógrafos, exposições de pintura.

Mas, infelizmente, preciso muito do seu rosto.

★

Passeios:

Um olho que me bebia e que me inspeciona.

Mole, uma mão que procurava apenas a minha.

★

Despertar de cada manhã:

Cada vez mais o coração se atola. Esperava-se um milagre. Nada muda.

Sol inútil.

Um cartão postal, uma fatura.

Levanta-se pela força.

Programa do dia: nada a fazer além do que eu não tenho mais a fazer.

★

Por sofrer demais, por ter sofrido demais, a gente tem tanta dor de cabeça.

Eu suplicava que acabassem comigo; 37,8°C perto das seis horas, e a pele das maçãs do rosto que se enruga. A gente tem sede. A gente é o deserto que tem sede.

Nunca aproveites dessa fadiga para atrofiar em ti os motivos do teu sofrimento. Tu podes: tudo perde o relevo e até mesmo o que te devasta.

Resiste a um método sorrateiro. Esposa a tua pena e não a trapaceies. Essa cara figura que a fadiga atenua, esforça-te em defini-la.

Ocupa com isso tua vida.

★

Amar é ser amado. É preencher uma existência de inquietação. Infelizmente, não ser mais essencial ao outro, eis a nossa tortura.

★

Detalhes. Em Santa Helena, uma aquarela de Isabey, de repente. É isso que devia fazer mal.

★

Trombeta de Tristão moribundo – trabalho na orquestra dessa trombeta, que avança, para, enrola-se, hesita, recua, avança, procura o coração entre todas as costelas alternadamente.

De pé, no fundo do camarote, um ângulo de cena luminosa entre uma grande cabeça e o balaústre. Penumbra vermelha.

Trombeta de Tristão moribundo
Trombeta de
Trombeta de Tristão
Trombeta de Tristão moribundo
Trombeta de Tristão moribundo e esperando
Trombeta de Tristão moribundo e se lembrando
Trombeta de Tristão se lembrando
Trombeta

Trombeta

Trombeta de Tristão

Eu olhava o ombro e o ângulo da cena.

Manet... Lautrec... elegância dos camarotes,

Esse solo, na época, devia ter parecido tão engraçado quanto, na *Sagração*, as queixas da terra.

Eu tive de sair. Eu mal suportava essa trombeta.

★

Habitualmente, eu sentia a possibilidade de descer muito: passeio no macio.

Toco o fundo. Ando de pé firme sobre a areia, com o mínimo de oxigênio, entre biologias informes, as esponjas, as algas, os destroços, as medusas, os peixes cegos da dor.

★

Ufa! Morte. Solução mágica.

Na Argélia, eu li em uma tumba:

ELE AMAVA A ÁGUA, O VERDE,
UM ROSTO FRESCO.

★

"Nós quisemos amar-nos."

Isso, eu explicava a um padre que me ajuda.

No seu jardim, a natureza não mascara o criador. Lá, arrulhava a pomba da Arca.

O abade me disse: "O sol, as moléculas em mim o propagam sem que nada o repugne. Às vezes, dos dias de abril, lamentei não seguir o ritmo universal, mas confessor, eu me consolava com as lágrimas dos homens".

Eu dizia: “A sua ternura chama multidões. Quatro pessoas têm dificuldade de segui-lo, e mesmo que elas o sigam, você conhece a escadaria de Chambord? Sobe-se junto, mas não se encontra”.

Tiragem especial

Ariel, meu passarinho, retorna aos elementos.
A tempestade.

Última visita ao aquário.

Quem podia prevê-lo? Uma visita como as outras na aparência, e a última!

Uma parede e na parede um cartaz:

Fechado por motivo
de penhora.

Penhorar o quê? A jaula? A flauta? O livro do Alfred e o seu boné?

Entregaram-me um cartão:

ARIANE
Massagista

Seria, depois de ter ficado louco, o americano que se informa?

Potomak! Meu Potomak! Eu o encontrarei em breve.

Eis que estamos separados um do outro como as águas leves das águas pesadas.

Perdoe-me por tê-lo chamado de Potomak.

Voem pássaros! Deus disse no quarto dia e, em hebraico, ele pronuncia:

– Frrrrrr!

Por instinto, descobri um nome que o limita desajeitadamente.

De você, pouco a pouco, ô Potomak, tirei um mundo.

Vai ser preciso viajar, trabalhar, dormir.

Potomak, sinto falta do aquário da praça da Madeleine, mas vou encontrá-lo alhures.

Postâmbulo

Todo este livro – é bem um livro? –, sua verborragia negra, suas contradições,

o que das profundezas emerge

e o seu olhar de enfermo, posso dizer-lhe o seu segredo.

Persicairo, antes de morrer, muitas vezes você morre e, cada vez, é um sopro desse clima definitivo em que sua última morte o mergulha.

Existe angústia mais fresca que uma garganta de criança de coro em que a mulher canta, com a voz dos cisnes feridos? Claro, os garotinhos antigos, tornados vegetais, nunca sentiram, melhor que eu, as câimbras da metamorfose.

Muda.

Diálogo da muda.

Estojo em seda das crisálidas.

Umidade do casulo.

Solidariedade das células!

Persicairo, neste livro, um soprano se quebra, um animal sai da sua pele, alguém morre e alguém desperta.

Acreditei que eu ia morrer. Eu havia colocado toda minha fortuna em renda vitalícia; agora, não tenho mais nenhum tostão; meu fausto me apavora.

Os Eugenes, Persicairo, o perfil deles e o nome, o nome engraçado deles era, provavelmente – ô bela ordem do mundo –, para que eles não assustassem além da conta. Agora, eu só os interpreto e me livrando deles, eu os distingo.

Eles são terríveis, Persicairo – eles são indispensáveis:

Eles executam as mudas.

Persicairo, entre uma cidade e outra, um viajante é pobre. O que ele deixa, ele não possui mais. O que ele vai encontrar, ele não possui ainda.

Seu trem cruza um expresso. Ele se encontra de pé contra a vidraça, contempla o acender das fábricas. O expresso que roda entre a noite e ele se apressa no sentido inverso.

Uma ponte de temporal metrópole.

Ele olha.

Entre a noite, então, e ele, interpõe-se uma parede confusa, alternativamente sóbria e luminosa, na qual o conforto assobia, espreguiça-se, embaralha-se rumo à manhã. De uma ponta à outra, como objetos permanecem sobre uma mesa, quando rapidamente tira-se a toalha debaixo deles, uma segunda cena persiste: o rio e os jogos náuticos. Contra a vidraça na qual ele apoia os cotovelos, uma terceira imagem ainda: ele. E atrás dele, a porta

e atrás da porta outra porta e outra vidraça e atrás desses aquários outro rio e outras fábricas.

A fadiga emaranha as camadas de noite, de lanternas, de vidraças e de água.

Seu duplo mal o escruta e não o vê, como um cachorro que se ignora no espelho.

Os planos se deslocam e se trocam.

À esquerda uma margem. Uma margem à direita.

Abaixo o rio. Acima as estrelas.

Persicairo, é tudo o que lhe resta entre a cidade destruída por sua ausência e aquela que ele vai construir olhando-a.

Miragens, truques de carta; eu não podia esperar outra coisa.

A Igor Stravinsky

Leysin.
Mar. 1914.

Pronto. Estou terminando.

Você trabalha no ROUXINOL no anexo do sanatório.

Sua esposa está curada.

O sanatório não é triste.

O contágio seria, aqui, o entusiasmo para renascer.

Na primeira noite, teme-se, valida-se um mudo complô. Mas ninguém jamais o inveja. A dor deles os absorve cada um.

Eu os espreito, os observo. Não me demoro mais no perigo preguiçoso de fazer apodrecer em mim um livro maduro.

Ontem, subi a montanha.

Fazia calor. Eu ia juntar-me à neve.

A primavera subterrânea remexia.

A resina escorria com indecência. Um croco viril furava o solo. Eu me borrava com argila vermelha.

Neve! Sustentado por esse sorvete compacto de oxigênio e de hidrogênio, se anda, celeste, afastado da terra.

Chuá-chuá crô crô chor chor cruach, cruach cropch:

Você faz, andando, o barulho de um cavalo que mastiga açúcar.

A neve! A neve! Come-se a neve e guarda-se a sede. É conjunto enganchado, colado, amontoado, embolado do nada. Ele range e estala e retorna ao nada.

Não se distingue mais diante de si a ondulação do solo. Nenhuma sombra o destaca.

Domingo à noite, onze horas, a neve caía tão grossa; então, da minha janela, eu vi, projetado contra ela pela luminária, um fantasma que era eu.

Desperta-se. As árvores foscas. Do vilarejo sobe um cântico; os doentes cantam.

Estou no meu quarto estreito e as montanhas estão lá fora.

Neva:

Sobre os pinheiros.

Sobre a serraria.

Sobre os hotéis de madeira.

Sobre os trenós.

Sobre o Ródano.

Sobre a primavera cega.

Sobre o degelo das neves.

A neve faz, caindo sobre a neve, um grande silêncio.

Harém da neve e das nuvens.

O Alpe eunuco.

O Alpe ajaezado.

Os precipícios onde o homem se arrebenta.

Parece que até o cisne, com uma batida de asa, quebra-lhe um membro. E a avalanche!

Vê-se, ao longe, pequenas avalanches. Em seguida, escuta-se sua salva.

A força do solo irradia ao ângulo dos cimos.

O olho se consome, a pele despela, o coração explode, os membros se paralisam, o micróbio morre.

O Alpe!

Algumas dessas montanhas, cálculos provam que, logicamente, a crosta terrestre sob o seu peso sucumbe.

Ela guarda um cadáver intacto, desafiando, virgem, a corrupção.

Ela respira o sol e expulsa o fogo glacial.

Igor, eu contava lhe oferecer um livro e lhe ofereço minha velha pele.

Penumbra, velha pele, nuvens (de atrás das quais, provavelmente um pouco, o Alpe terrível aparece).

Parágrafos mancos.

Parágrafos bobos.

Parágrafos contraditórios.

Mas, de tempos em tempos, uma frase, semelhante a essas pombas que Robert Houdin apanha em qualquer lugar. Uma incandescência que se congela... uma nebulosa que se coagula... um rapto ao desconhecido.

Coisas das quais se espera que elas vão crescer e que abortam,

outras que desconcertam,

outras que não se compreendem mais depois de se tê-las escrito,

outras que desviam a inteligência e sem as quais dorme-se bem.

Minha obra completa, me confiava Canche, eu a carrego em mim desde o primeiro dia. Os títulos dos meus livros futuros, os decifro antecipadamente nos limites da minha estrada.

Meu livro é do Ecce Deus, *da carestia que se eterniza e do maná que chove.*

– Canche, você está cheio. Oh! Como me sinto vazio!

Você é avaro com seu tempo, sabe sobre o que avança sua vadiação.

Eu, tudo me condena à vagabundagem especial.

Eu sei o que me fecunda e o termo do meu fardo?

A pilha vazia se resigna em sempre esperar uma sacudida.

Ela contempla silenciosamente o mel que escoa dos belos vasos inclinados.

FIM

À margem do "Potomak"

Herr Ebel

Foi-me fácil explorar "Potomak", aparentar os Eugenes com a cultura alemã, os Mortimar com a nossa candura desarmada.

As relações se estabeleceram sem que eu me impusesse isso e sob uma forma toda simples.

ARTIGO DO JORNAL *Le Mot*,
de 1° de maio de 1915,
na sequência de uma série de desenhos: "Atrocidades",
ou os Eugenes apareceram sob o capacete pontudo

Muitas cartas me interrogam sobre as "Atrocidades" de Le Mot. *Ao mesmo tempo em que artistas me fazem o favor de concederem certa atenção a essas pranchas, leitores me escrevem: "O que significa, ao certo, esse tipo que se repete como em um espelho de seis faces? ... Deve-se reconhecer um general nas suas Atrocidades?"*

A resposta é difícil. Com efeito, meus personagens (exceto pela "Receita" do n° 15, por exemplo, na qual procuro reunir um grupo de observações) não são "alemães", propriamente ditos, mas um tipo de gráfico em que, segundo eu, inscrevem-se estados de espírito de ferocidade, lubricidade, de entendimento e de misticismo.

A fórmula precede a guerra. Eu havia reunido em 1913 um livro e um álbum no qual os personagens chamados Eugenes me fascinavam, obrigavam-me, obstinadamente, silenciosamente, a me ocupar com eles, a reconhecê-los como os micróbios da alma.

Coincidências e o conjunto com o qual amigos, no corrente do meu trabalho, disseram-me e me escreveram que lhes era impossível não assimilar os Eugenes à hedionda cruzada alemã, incitaram-me a retomar o tipo e a restringir seu eco.

Eu falei de cruzada e me explico.

Aqui, toco em uma questão muito grave e muito curiosa, da qual nunca vi nada nos inumeráveis artigos que tratam das "atrocidades alemãs".

Devo o detalhe dessas notas a um jovem ferido, professor em Düsseldorf, o qual se destampa depois de um mutismo de vários meses.

"Interpreta-se mal, disse-me ele, Nossa "Deutschland über alles", D. U. A., não expressa que a Alemanha está acima das outras nações, mas que ela passa na frente de todas em nosso coração. Meus colegas e eu pensávamos, no início, marchar para o suicídio. Mas nós marchávamos cantando um coral com um tipo de êxtase que suas tropas rogam, frequentemente, por uma obediência de brutos aos nossos chefes. E depois... E depois há uma coisa que vocês, provavelmente, não poderão jamais compreender: antes de a guerra eclodir, havia uma grande efervescência de fanatismo entre nós, perto de Düsseldorf. A gente se reunia quatro vezes por semana na floresta e um velho senhor, Herr Ebel, pregava o amor dos nossos deuses da Germânia, dos quais Wagner lhes dá uma falsa imagem. Herr Ebel nos fascinava, inebriava-nos e nos comunicava o gosto, a necessidade possível dos sacrifícios humanos. Eu lhes afirmo, senhor, muitas atrocidades são exatas. O erro da

Alemanha é ter vergonha do seu móbil, como essas pessoas que ruborizam quando as encontramos saindo da igreja. E depois, senhor, a guerra perturba os cérebros; um sacrifício útil acarreta excessos deploráveis. Os oficiais aproveitam esse misticismo dos homens para saciar paixões muito baixas. Eles excitam as tropas e massacres se seguem."

Eu não mudo nada nas confissões sombrias e ingênuas de um jovem Germain, carregado de fadiga e dúvida. Imaginam-se os mil Herr Ebel pregando na floresta de Siegfried, cheia de murmúrios, de trevas e de rouxinóis.

Eis minha melhor resposta às cartas. Ela apresenta essa vantagem de ser extraordinária em si. Como o provam "Estado-Maior" e "General Moloch", eu gostaria, por curvas, manchas e "expressões", comunicar o meu mal-estar, sugerir e não representar o entomologismo de certo espírito "Parsifal" misturado com "Doutor Pena".

ANEXO

OS EUGENES DA GUERRA
1915

Anexo

Você vê, Persicairo, os alemães não têm direito à nossa força imponderável, da qual eles procuram ingenuamente descobrir a mola; eles também não têm direito à bela maquinaria americana, porque eles arrastam atrás de si uma carga romântica pesada demais. Seus dínamos se parecem com Fafner, as cabeleiras verdes dos Nixes se embaralham nas engrenagens da fábrica alimentada pelo Reno.

Este anexo visa à fraqueza de uma nação voraz, pastichando cabra e repolho, acreditando obter assim uma perfeita medida e só conseguindo colocar no mundo um monstro bastardo, muito ridículo e muito perigoso.

Encontrar-se-á sob o capacete pontudo os Eugenes de 1913.

Não mais que os Eugenes de paz, os Eugenes de guerra não pretendem ser "desenho". No máximo a escrita do poeta mais grossa e que tenta, desajeitadamente, se libertar das palavras.

– Avisaremos Vossa Excelência, quando isso se tornar engraçado.

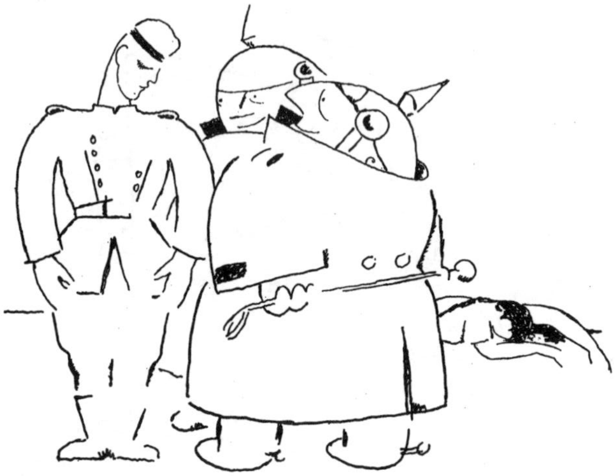

– Eu o felicito. Em 70 anos nós éramos menos espertos!

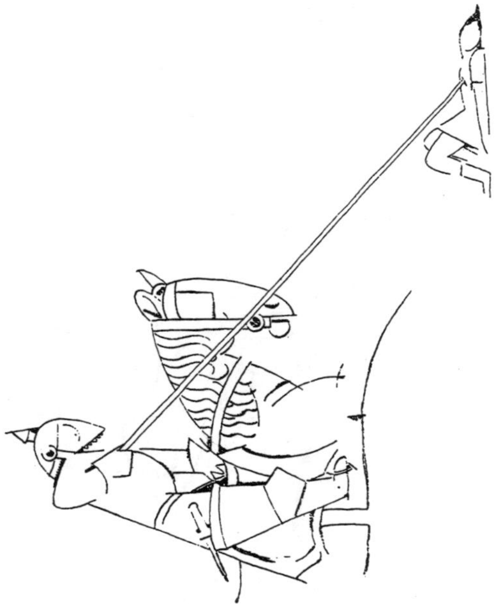

CAVALARIA

Wer reitet spät durch Nacht und Wind…

QUE SE LA LLEVARON

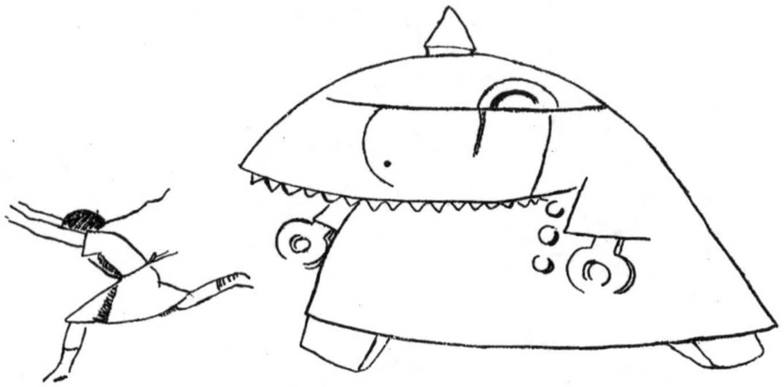

PERSEGUIÇÃO

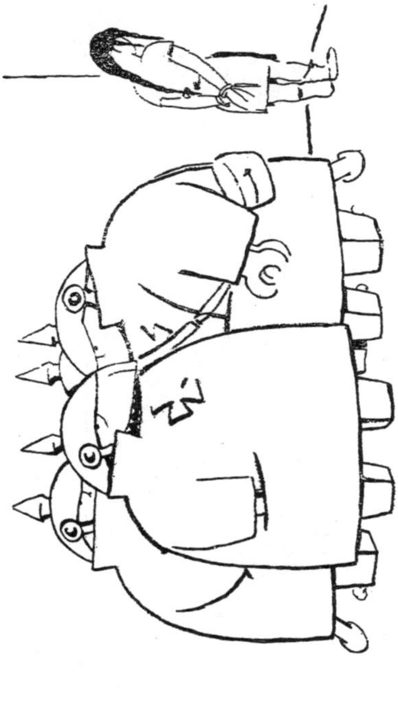

CONCILIÁBULOS

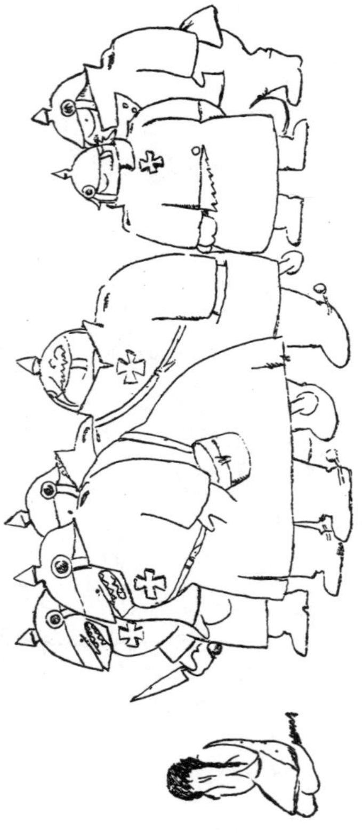

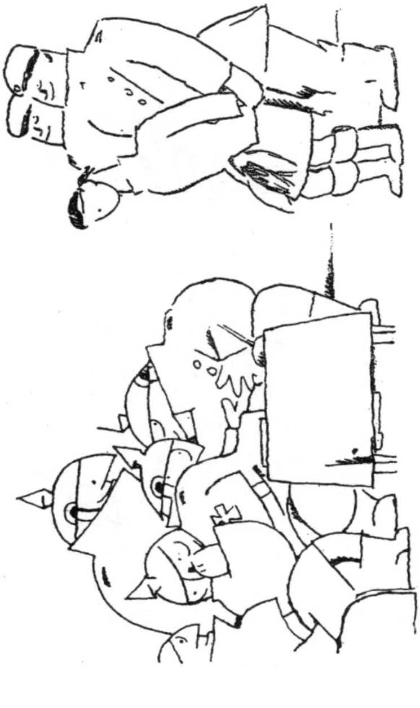

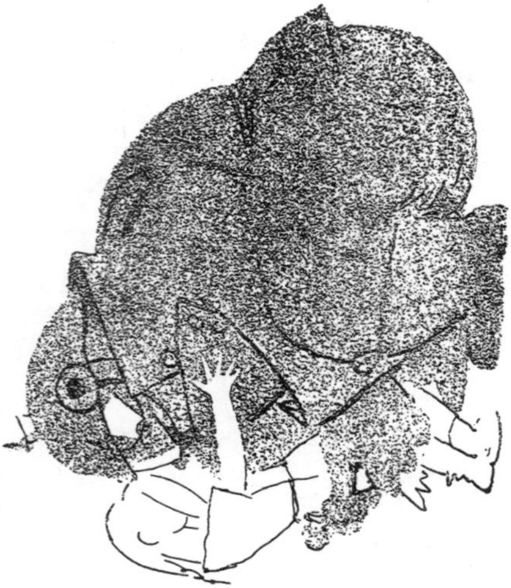

OGRO

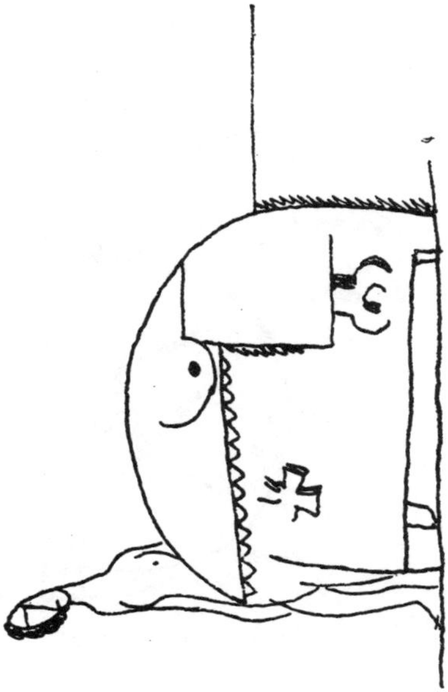

ANDRÔMEDA

parsifal

VENUSBERG

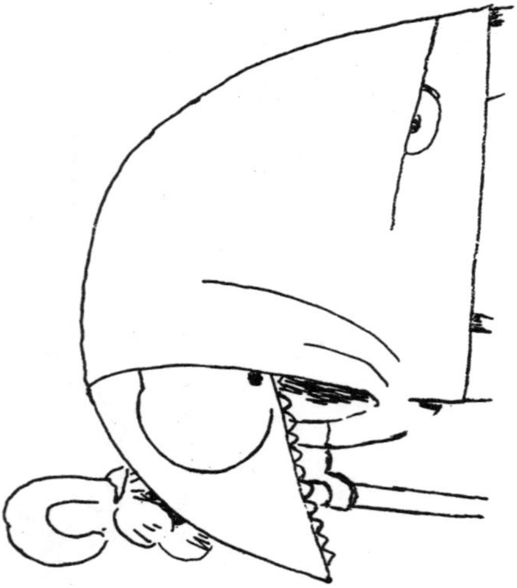

TANNHAUSER

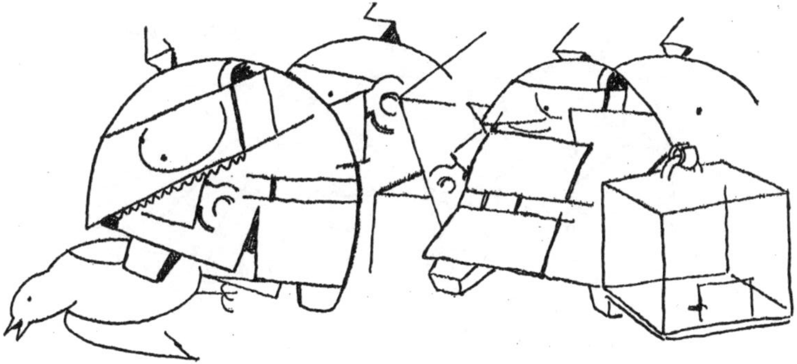

A TOMADA
DE
GARROS

BÉLGICA

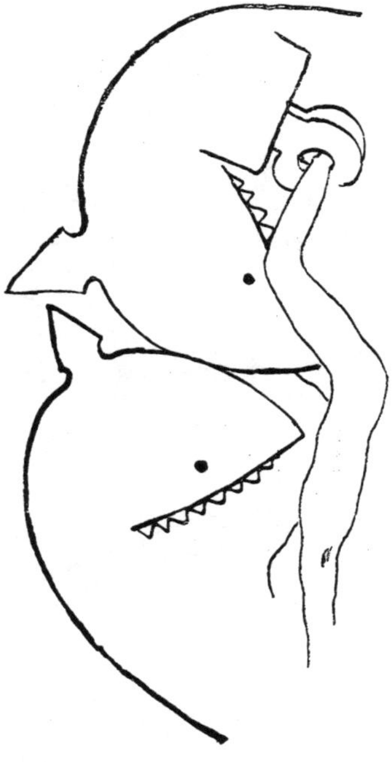

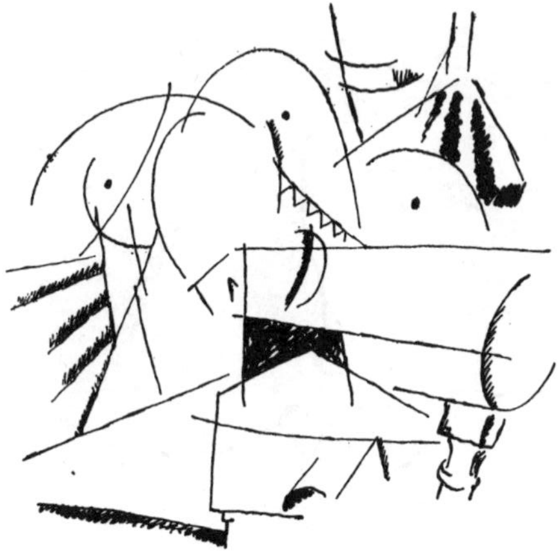

EFRAÇÃO
E
MUDANÇA

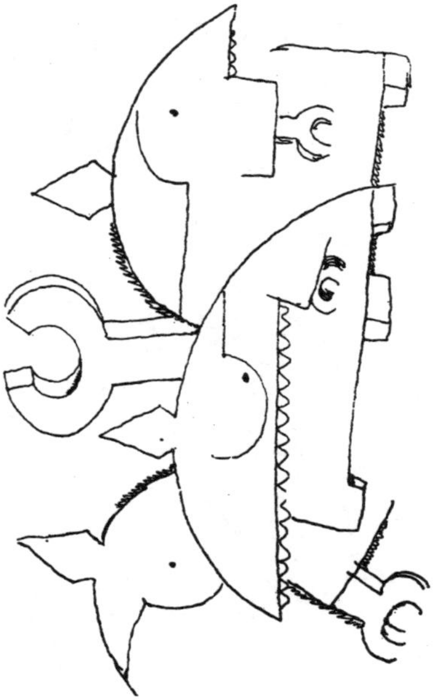

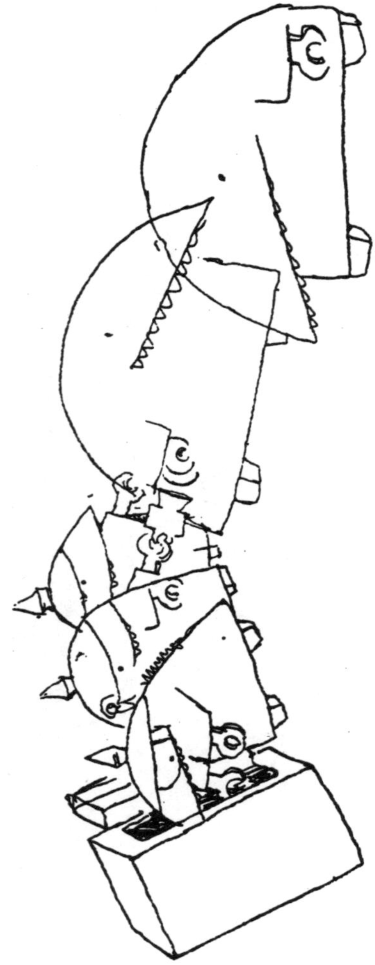

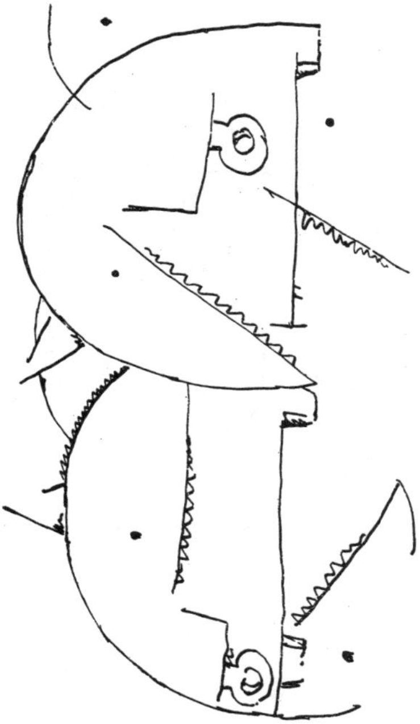

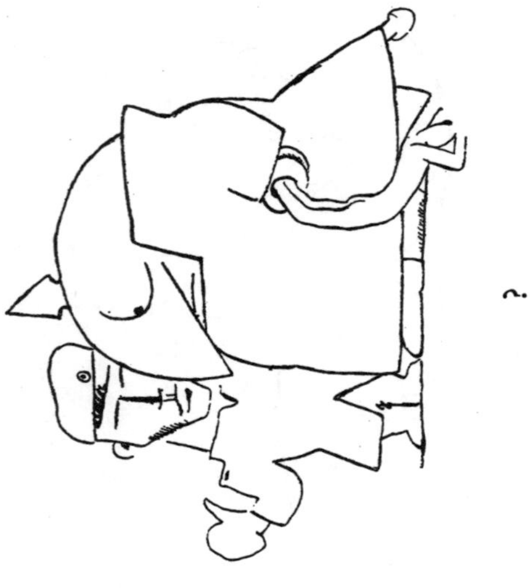

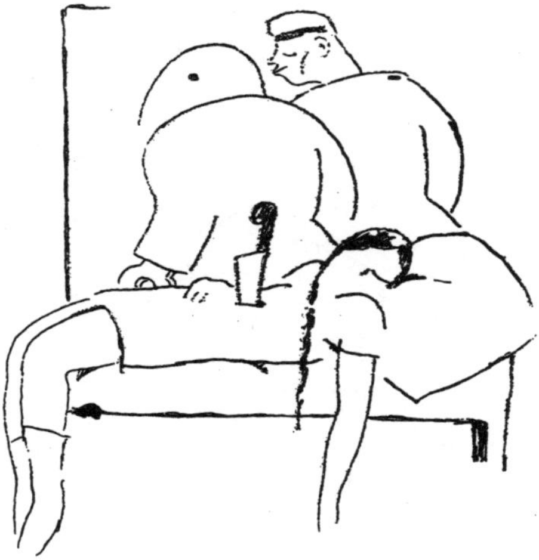

VERGISSMEINNICHT

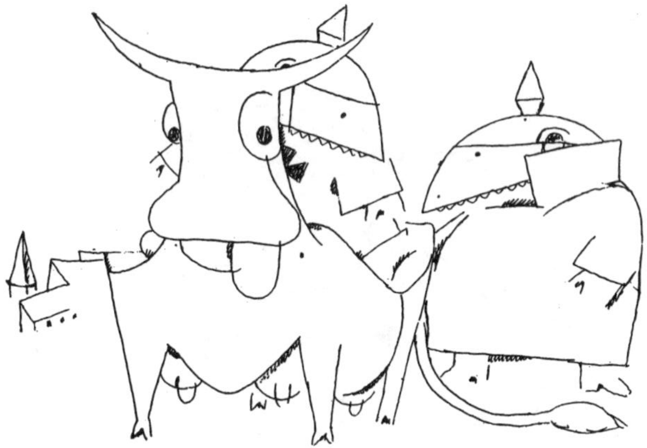

NAQUELE TEMPO
ELE PASSAVA TEMPORADA
NA CIDADE
QUE CHAMAM DE
A VACA MULTICOR

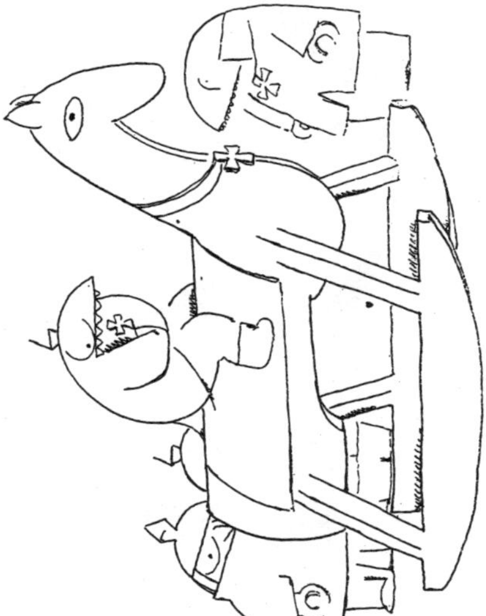

BRINCADEIRAS

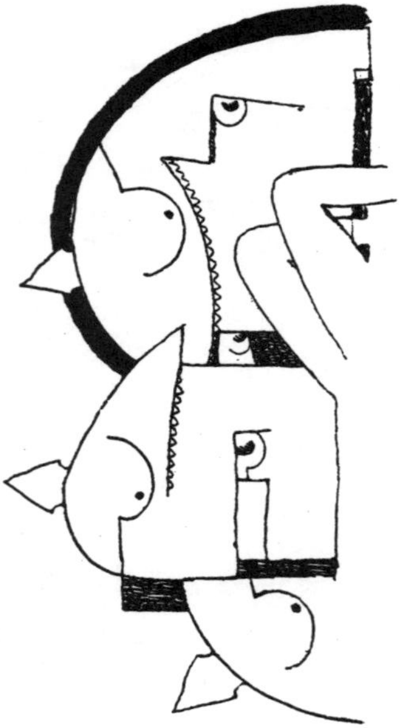

BRINCADEIRAS

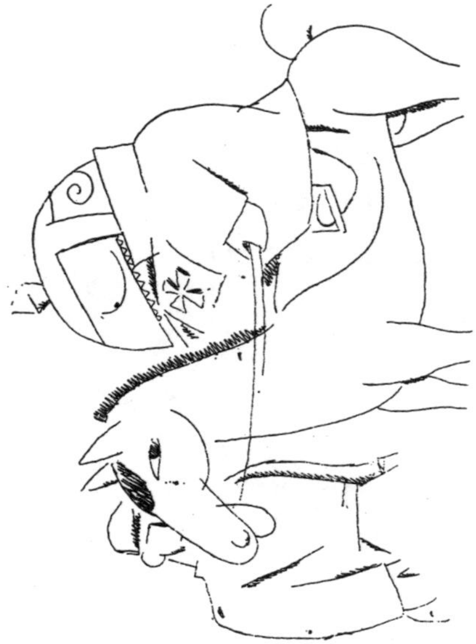

ROSENKAVALIER

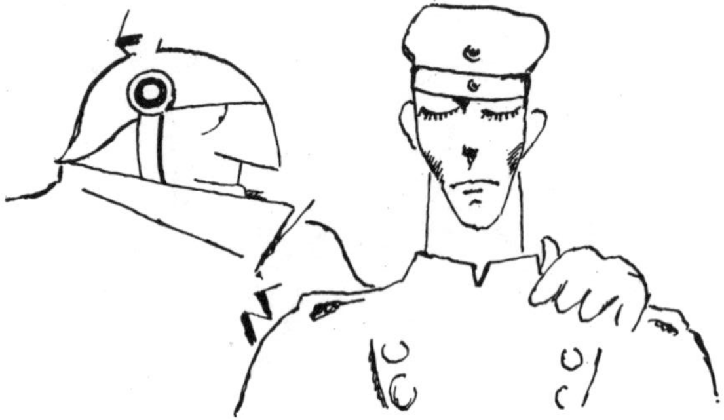

– Conte-me tudinho, Fritz… o pai estava no quarto?

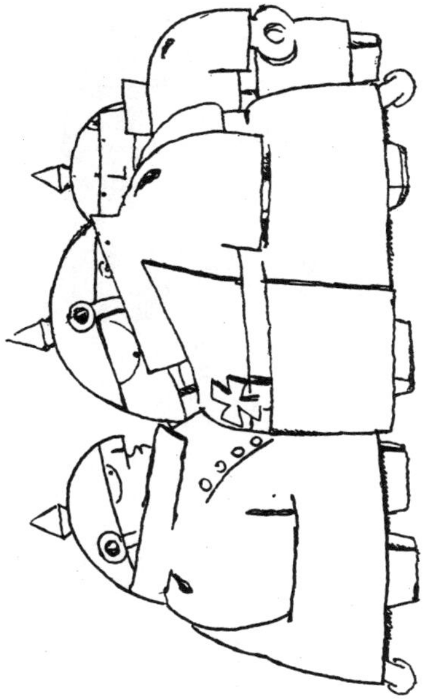

INQUIETAÇÃO

INVEJA

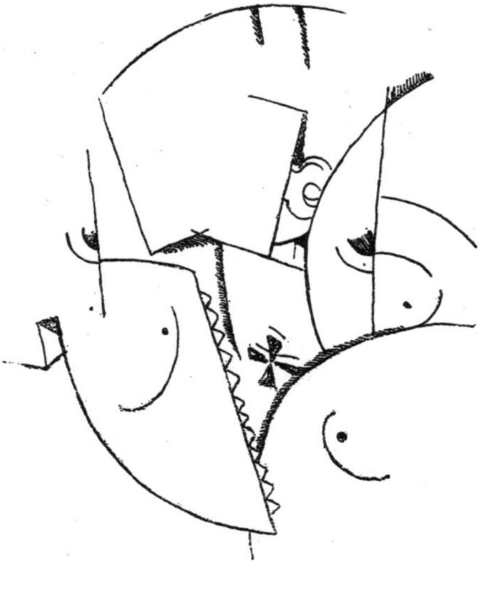

FIM

Este livro foi composto com tipografia Minion Pro e impresso
em papel Off-White 80 g/m^2 na Formato Artes Gráficas.